2021

MARTA FIORINI

STONIAMO
come miele
SUL FONDENTE

A Teresa,
che la storia di Crystal e Roy
ti faccia sorridere, perché
ridere è sempre la miglior cura... :)
Buona lettura e buon viaggio a
Bourton-on-the-Water a ritmo di
Bachata e Grease.
Grazie per il supporto!

ROMANZO

Da
Marta Fiorini

*A quella farfalla bianca,
che vola leggera nel cielo,
continuando a danzare leggiadra
e a leggere appassionatamente.*

Della stessa autrice:

La cantina dei ritorni
Il cielo negli occhi

Stoniamo come miele sul fondente
di **Marta Fiorini**

Editing a cura di Serena La Manna
Progetto grafico e illustrazioni a cura di Chiara Topo
Impaginazione a cura di Palma Caramia

Copyright © 2021 Marta Fiorini
Tutti i diritti riservati.

ISBN: 9798513442752

Questa è un'opera di fantasia. Nomi, personaggi, luoghi ed eventi narrati sono il frutto della fantasia dell'autrice. Qualsiasi somiglianza con persone reali, viventi o defunte, eventi o luoghi esistenti è da considerarsi puramente casuale.
Questo libro contiene materiale coperto da copyright e non può essere copiato, trasferito, riprodotto, distribuito, noleggiato, licenziato o trasmesso in pubblico, o utilizzato in alcun altro modo ad eccezione di quanto, è stato specificamente autorizzato dall'autrice, ai termini e alle condizioni alle quali è stato acquistato o da quanto esplicitamente previsto dalla legge applicabile (Legge 633/1941).

MARTA FIORINI

STONIAMO *come miele* SUL FONDENTE

ROMANZO

*A chi trova nelle proprie passioni,
la voglia di tornare a sorridere...
Ridere è sempre la miglior cura.*

1 - CRYSTAL

A Londra stasera fa più freddo del solito, mi stringo nella giacca di pelle nera con della finta pelliccia sul colletto rimpiangendo il mio cappottino preferito, caldo e dal colore imbarazzante. *"Quanto lo amo."*
Per fortuna ho messo i tacchi comodi, le francesine alla caviglia con tacco largo e i miei unici jeans. Destiny deve ringraziarmi che non ho optato per i soliti abiti bon ton e romantici abbinati alle mie stravaganti ballerine.
Certo, non ho scelto un abbigliamento particolarmente vistoso, come delegato dalla mia amica, ma non dovrebbe lamentarsi del risultato.
«Ma dove sarà finita?» aveva detto alle ventidue e sono già quindici minuti che sto congelando fuori dal bar in cui lavoro, sto cominciando a parlare anche da sola, se i colleghi sentissero che sono ancora qui, mi farebbero tornare a lavorare.
Mentre guardo le luminarie natalizie che hanno cominciato a montare in questi giorni, sussulto al suono di un clacson perdendo l'equilibrio.
Riesco appena in tempo a reggermi al muretto che ho vicino, e mi giro con sguardo truce incenerendo quella pazza.
«Ma già non ti reggi in piedi? Di questo passo come ci arrivi a domani mattina?» dice mentre mi sistemo sul sedile del passeggero andando subito in cerca delle bocchette dell'aria calda per ritrovare la sensibilità delle mani.

«Punto primo, sei in ritardo. Punto secondo, fa un freddo cane e se non avessi ascoltato le tue brillanti idee a quest'ora sarei stata decisamente meglio con il mio cappottino. Punto terzo, non c'è problema ad arrivare a domani mattina perché andremo via prima. Punto quarto, ero sovrappensiero e mi hai spaventata con il clacson, ecco perché stavo scivolando, guarda quanto ghiaccio c'è su quel marciapiedi! Punto... ho perso il conto, dove ero arrivata?» la mia amica ride, mi sta prendendo palesemente in giro.
«Ah, finalmente ce l'hai fatta a finire questo monologo! Lascia stare i punti e comincia a scioglierti, sei troppo rigida!» la guardo di sottecchi anche se lei è concentrata sulla guida.
«Ancora con questa storia? Non sono rigida.»
«Si lo sei, e anche bacchettona!»
«Smettila!»
«E antica.»
«Mi piace il vintage.»
«Sei vecchia!»
«Sono seria cara, anche se ho venticinque anni.»
«Seria e noiosa.»
«Ok, ho capito, non ti piace come sono vestita...»
Dopo questo botta e risposta si gira appena con un sorrisetto compiaciuto: «Hai capito alla perfezione. A cosa è servito raccomandarmi?»
Mi accarezzo i capelli lunghi e inizio a sistemarli per mantenere la piega appena fatta, spero i boccoli non si rovinino con l'umidità che c'è fuori: «Ehi però ho messo la giacca di pelle che mi avevi consigliato, infatti sto gelando!»
«Ma poi, quando arriveremo al locale, la giacca la

toglierai e cosa ti resterà di sensuale?» mi giro di scatto, «niente, proprio come piace a me. Perché mai dovrei apparire sensuale?» «Forse perché stiamo andando a ballare caraibici con il mio gruppo di ballo e siamo giovani e single?» dice tutto d'un fiato.

«Non mi interessa! Mi stai portando con la forza a fare solo delle figuracce, visto che non faccio parte del vostro gruppo e non ho mai assistito a una lezione in vita mia. Tra l'altro, neanche mi piace questo tipo di ballo, ma cos'è questo strusciarsi con chi capita?»

«Ecco la conferma a tutti gli aggettivi che ti ho trovato. Bacchettona e antica! Per favore almeno stasera la tua rigidità lasciala fuori e lasciati un po' andare.»

Torno ad aggiustare i capelli che stanno svolazzando a causa dell'aria calda che esce dalle bocchette del veicolo.

«E per favore lascia in pace quei poveri capelli, stai tormentando anche loro! Rilassati e pensa a divertirti, ok? Per una volta, fallo per me.»

Cerco di ricompormi, mettendomi un po' più comoda sul sedile e cercando di seguire il suo consiglio.

«Si, vorrei tanto riuscirci, ma spiegami come posso divertirmi in un posto in cui non sono mai stata, che mi fa sentire fuori luogo e dove non so fare nulla di quello che fanno gli altri?» mette una mano sulla mia e sorridendo dolcemente, «questi sono posti dove si sta bene a prescindere, non siamo a scuola e non c'è nessuno a darci un voto, devi solo lasciarti andare, seguire questo ritmo travolgente e divertirti» conclude la frase accendendo lo stereo dal quale parte la musica di Romeo Santos che ormai conosco, le sorrido, anche stavolta ha trovato il modo per non farmi ribattere. Speriamo solo sia come dice.

Manca poco per arrivare alla grande sala da ballo *Bachata*, il locale di balli latino-americani e caraibici più famoso della zona. Guardo fuori dal finestrino e mi incanto nel vedere tutta la città illuminata, non siamo ancora a dicembre ma Londra è già pronta per accogliere le feste natalizie che tanto amo.

Appena entriamo nel parcheggio noto l'insegna, siamo arrivate.

«Certo, potevano chiamarlo diversamente! Con questo nome e quelle labbra carnose accanto all'insegna, sembra un altro tipo di locale!» dico ferma nel mio pensiero.

«Beh, anche dovesse scappare un bacio con qualche bel tipo tra un ballo e l'altro, cosa ci sarebbe di male?» ride civettuola la mia amica in contrasto con la mia compostezza.

«Ci risiamo, come facciamo ad essere amiche da tempo noi due ancora non l'ho capito! Ehi, ti avviso subito! Non farti venire in mente di lasciarmi sola o di sparire tra la folla, capito? Altrimenti me ne vado e ti lascio a piedi.»

Eccolo il sorrisetto malefico di chi ha già preventivato tutto.

«È per evitare questo che siamo venute con la mia macchina, tesoro! Ti ho già detto che stasera non accetto repliche, per una volta si fa a modo mio.» Mi supera a passo spedito sui suoi tacchi altissimi che slanciano due gambe perfette, sventolandomi davanti al naso il mazzo delle sue chiavi.

Stasera devo mettermi l'anima in pace.

2 - CRYSTAL

«Crystal mettiamoci qui, questo è il posto riservato a noi.» Destiny mi invita a lasciare le mie cose sul divanetto dove c'è il cartellino con scritto "riservato alla scuola da ballo Salsero", e finalmente mi siedo. Per raggiungere questo angolo della sala abbiamo dovuto lottare con il caldo afoso che all'ingresso mi ha bloccato il respiro, con una calca di gente che balla energicamente, ricevendo gomitate a destra e sinistra, e con un odore forte di profumo misto a sudore. Decisamente non fa per me.

Io preferisco crogiolarmi nel calduccio del mio appartamentino con Clo, la mia dolcissima gattina, tazza fumante tra le mani, una bella playlist di sottofondo, magari natalizia visto il periodo magico in arrivo, mentre osservo dalla vetrata le vie illuminate e affollate, o magari vedere in tv tante belle commedie romantiche o perdermi tra le pagine di un libro che sa di vissuto, tutto questo mi entusiasma, non ballare.

Destiny è l'opposto, le basta andare in giro, ballare e vestirsi in modo sensuale, sempre pronta all'avventura, si diverte e corre per Piccadilly a fare shopping.

Ma questa volta ho dovuto accontentarla, non ne potevo più di sentirla.

Sono seduta su questo divanetto da due ore rifiutando ripetutamente inviti a ballare da chiunque passi qui davanti, compresa Destiny. Mi guardo intorno e il locale mi sembra sempre più pieno, tutti vestiti leggeri in contrasto con la stagione, gente sudata che balla senza sosta, *"ma come fanno a non riposarsi mai? Io stramazzerei al suolo dopo dieci minuti"*. Dopo averci pensato per un tempo indefinito, prendo coraggio, mi alzo e mi dirigo al lato opposto dove dovrebbe trovarsi la toilette.

Mentre cerco di schivare i ballerini facendomi strada tra di loro, ecco che abbassano le luci così tanto da farmi salire l'ansia nel bel mezzo della folla; cerco di mettere a fuoco il cartello dei bagni, ma con le persone ovunque non riesco più a trovarlo. Intorno a me i ballerini continuano indisturbati le loro figure di danza, anzi si gasano ancora di più per l'abbassamento delle luci che evidentemente preannuncia una delle loro canzoni preferite, nel frattempo faccio ancora qualche passo e ho quasi raggiunto la porta, almeno credo, ma qualcosa, o qualcuno, mi blocca da dietro.

Una mano calda afferra la mia, sono talmente freddolosa che ho sempre le mani gelide anche in estate, ma quella mano non è sudata, anzi è calda e accogliente, con una presa decisa mi fa voltare, noto solo una figura in penombra, non riesco a scorgere il viso ma il suo profumo arriva chiaro alle mie narici, una fragranza particolare, talmente insolita che la riconoscerei tra mille adesso che il mio olfatto l'ha percepita. A distogliermi dai pensieri è l'altra mano, si appoggia sul mio fianco ed è così perfetta in quell'incavo che sembra essere il suo posto.

"Non ci sto capendo nulla, cosa sta succedendo?"

Realizzo dell'accaduto solo quando partono le note della canzone *Te Extraño* e lui si destreggia esperto in una bachata così sensuale da infiammarmi le guance, in quel momento ringrazio la penombra scesa all'improvviso in quella sala. Le mie gambe si muovono come non hanno mai fatto, e come non hanno mai saputo fare, dandomi la percezione di essere disinvolta, grazie a lui che guida i passi. Con una mano sul fianco mi sposta e mi fa ondeggiare a ritmo, mentre con l'altra stringe la mia facendomi sentire brividi lungo tutta la schiena.

Il suo corpo si muove sempre più vicino al mio, con rispetto, senza toccarmi, ma sfiorando la mia figura. Ogni volta che mi fa volteggiare i nostri profumi si mischiano in una folata d'aria creata dai miei lunghi capelli sciolti che si appoggiano sul suo petto ed ogni volta che ritorno davanti a lui inalo quel suo profumo inebriante. Mi sta facendo sentire disinibita e sciolta come non mai. Seguo ogni suo passo e un sorriso spontaneo sulle mie labbra mi sorprende, grata ancora una volta che lui non riesca a vedere, mi imbarazzerei troppo. La canzone giunge al termine così come il mio sogno ad occhi aperti, nell'ultimo giro mi fa fermare di schiena davanti al suo petto, il suo viso di lato al mio, il suo respiro che si incastra tra i miei lunghissimi boccoli e le sue mani sempre ancorate a me, quella sul fianco mi fa ondeggiare il bacino e l'altra mi riporta davanti a lui mentre le sue labbra la sfiorano con un baciamano d'altri tempi che mi provoca una vampata al petto. Con questo saluto galante si allontana portando con sé quel profumo così particolare che sa di buono. All'improvviso le mie gambe sembrano di gelatina, non reggono più, mi domando come hanno fatto fino ad ora a ballare passi a me del tutto sconosciuti. Cerco di ricompormi e mentre le luci tornano più luminose mi imbarazzo ancora una volta per le sensazioni appena provate, mi accarezzo la guancia in fiamme e quel profumo rimastomi addosso mi confonde ancor di più, a passi svelti mi dirigo verso le toilette per paura che qualcun altro possa prendermi per ballare, o forse più per paura che torni lo stesso ballerino. Mi fiondo in bagno e mi chiudo la porta alle spalle, respiro affannosamente cercando di riprendere il controllo di me stessa inspiro ed espiro con gli occhi chiusi. Il respiro piano piano torna regolare. Mi guardo allo specchio e non vedo la solita me rigida, ma piuttosto due guance arrossate, i miei soliti occhi di un blu freddo ora sono luminosi, le labbra sono tese in un sorriso sorpreso e le mie mani hanno quel profumo. Ogni volta che mi sfioro il viso il cuore batte più forte, colpa di quell'uomo che ballando a ritmo incalzante e destreggiandomi sapientemente con la sua guida mi ha resa finalmente sciolta, rilassata, disinibita; mi sono quasi sentita sensuale su quelle note che fino ad ora, pur ascoltandole assiduamente in macchina di Destiny, non mi hanno mai trasmesso nulla.

***

«Crystal dov'eri finita? Mi stavo preoccupando!» è Destiny, mi abbraccia appena mi vede tornare.

«Ecco io… stavo cercando la toilette e ci ho impiegato un po', non volevo farti preoccupare, ma eri presa dal ballo e non volevo disturbarti.»

«Questa poi, ma quale disturbo, ti avrei accompagnata tranquillamente invece di mandarti sola.»

«Non fa niente, anzi…» i suoi occhi si spostano dal cocktail posandosi a rallentatore sui miei che probabilmente brilleranno ancora, perché la sua frase che segue me ne dà la conferma.

«Crystal, cosa è successo in questi minuti? Perché sono sicura, guardando i tuoi occhi luminosi, che qualcosa ti abbia sconvolto!» il suo sorriso incontenibile si allarga mostrando denti perfetti e bianchi in netto contrasto con il suo caschetto nero corvino, di un nero così intenso e lucido da sembrare quasi blu notte per i riflessi.

«Ecco io... Destiny, ho ballato!»

«Come sarebbe a dire *ho ballato?*» mi fissa mentre spalanca gli occhi e la bocca per lo stupore, «cioè, tu non hai mai ballato con noi, in che modo hai ballato se non hai mai provato a farlo? Crystal non capisco, ma sono troppo felice, ti stai sciogliendo!» ed euforica come non mai, prende i cocktail dalle nostre mani per lasciarli sul tavolino vicino, mi prende le mani e ci ritroviamo a saltellare come due bambine.

Dopo averle confidato l'accaduto, è così contenta e pronta alla caccia che non riesce più a zittirsi; mi fa sorridere troppo vederla così felice per me e delle sensazioni che ho provato ballando la bachata per la prima volta, e poi quella canzone cavolo, non l'ho mai trovata così bella e sensuale.

«Dunque, ricapitoliamo» dice mentre si mette comoda sul divanetto, «anzi non qui, vieni con me!» mi prende per mano dopo avermi lanciato la giacca e ci inoltriamo di nuovo in mezzo alla folla di ballerini fino ad arrivare ad un'uscita secondaria, quella usata dai fumatori. «Dunque, ricapitoliamo» fa Destiny mentre si accende una sigaretta, «hai detto che hai visto solo la sua sagoma, in effetti quando arriva quella canzone e abbassano le luci non si vede molto, ma ricordi alla perfezione il calore delle sue mani che guidavano i tuoi passi, che bello sono troppo elettrizzata, avrei voluto vederti ballare! Ok, scusami per questa parentesi, torniamo a noi», la vedo radunare le informazioni mentre fa un altro tiro, «dicevi che ricordi alla perfezione anche il suo profumo, soprattutto quello! Giusto Crystal?»

«Sì, ma che ci facciamo con questa informazione?» ribatto perplessa cercando di capire dove vuole andare a parare.

«Hai ragione, non ci facciamo poi molto, ma sapresti descriverlo? Il profumo intendo, che tipo di note ha? Agrumate, fresche, calde, legnose, speziate...»

«Destiny per favore, non lavoro mica in una profumeria! Cosa vuoi che ne sappia? So solo che era buono, dolce, caldo e accogliente, ma così insolito, particolare, non saprei nemmeno da che parte iniziare per descriverlo» dico ridendo per la situazione buffa.

«Ok, una cosa sicura la sappiamo: questo tipo ti ha affascinata ed è già buon segno Cry! Cavolo, sei viva!» dice con il suo ampio sorriso mentre riprende a saltellare invitando anche me a farlo insieme a lei.

«Destiny smettila, mi vergogno, sembriamo due sciocche.»

«Oh, Crystal mia! Tu ti vergogni e imbarazzi per tutto! Cosa c'è di male se due amiche saltellano felici?» e per farmi imbarazzare ancora di più mi attira in un abbraccio facendomi volteggiare e girare anche la testa, si vede che non sono per niente abituata alle piroette.

«Hai ragione, hai ragione! Ora basta mettimi giù che mi gira tutto!»

«Bellezza, ti ricordo che poco fa hai ballato sapientemente la bachata con uno sconosciuto e che a quanto pare la testa ti girava per altro...» dice allusiva con uno sguardo ammiccante.

«Ehm sì, cioè non così... insomma non lo so ma...»

«Ehi Crystal, dimmelo, siamo amiche da tempo, puoi stare tranquilla con me, non sono una che giudica lo sai, cerco solo di spronarti scherzando ma ti ascolto.» Mentre cerco le parole giuste, porto le mani alla bocca per rosicchiare unghie e pellicine, un vizio di cui non riesco a liberarmi, non faccio in tempo a cominciare che mi blocco. Il suo profumo torna prepotente alle mie narici.

«Il profumo, il profumo! Eccolo sulle mie mani, sentilo anche tu! Che note ti sembrano?» dico elettrizzata portando le mani al suo naso.

«Crystal, cosa vuoi che senta stasera con questo raffreddore?» resto immobile riflettendo.

«Cavolo!» mentre butta fuori dalla bocca altro fumo mi invita a continuare.

«Ecco Destiny, non vorrei dire che sia stato un colpo di fulmine, come potrebbe mai essere con un uomo che non sono nemmeno riuscita a vedere e a guardare negli occhi? Poi come potrebbe mai accadere ad una come me che dedica molto tempo alla conoscenza e molta importanza al feeling mentale...»

«Però? Taglia corto che questa ramanzina la conosco a memoria.»

«Però qualcosa mi ha trasmesso, perché in questo ballo erano racchiusi rispetto, gentilezza, sensualità, tutti sviluppati dai sensi... e la passione per la danza, per quei minuti è riuscito a farla provare anche a me che sono una ragazza rigida, fredda, composta e che si prende sempre troppo sul serio.» La mia amica mi prende una mano e sorride.

«E questo è un bene tesoro. È un bene che tu abbia provato queste sensazioni, che hai riscoperto la leggerezza, ciò non significa essere superficiali o frivoli, ma vivere a cuor leggero, e se ti va di ballare, alzati e fallo! Se vuoi sentirti donna e sensuale, balla ondeggiando i fianchi a ritmo della musica come se non ti stesse guardando nessuno, fallo soprattutto per te stessa, non pensare a niente e nessuno, ma solo a quello che vuoi tu!»

La abbraccio promettendo a me stessa di provarci davvero.

"E poi questo è il periodo più bello dell'anno, non è quasi dicembre?"

E allora che cuor leggero sia!

3 - CRYSTAL

"Cos'è questo trillo impazzito?"
Mentre cerco con tutta la forza di aprire gli occhi, realizzo che quello che sta suonando ininterrottamente alle mie orecchie è il telefono. Guardo il display, annuncia la chiamata di mia madre: *"Non poteva telefonare più tardi? Stavo dormendo così beatamente"* e mentre i miei occhi puntano la sveglia, la mia mascella cade a terra per lo spavento.
"È tardissimo! È tardissimo! Diamine come ho potuto non sentire la sveglia? Va bene, non sono abituata a fare le ore piccole, ma addirittura ritardare a lavoro non è da me."
Cerco di darmi una sistemata velocemente ai capelli mentre mi lavo i denti, non mi trucco, non ho tempo, ma cerco almeno di struccarmi visto che sul viso alberga ancora il trucco sciolto di ieri sera. Svelta come non mai, saltello per casa infilando di nuovo gli stessi jeans, le uniche cose che ho trovato al volo buttate sulla poltrona dove di solito dorme Clo. *"Poverina le ho occupato il posto."*
Infilo le ballerine con il pelo caldo all'interno e un pon pon sopra e, mentre con una mano butto nello zaino cipria oggetti personali vari, con l'altra cerco di infilarmi il mio affezionato cappottino. Do un bacio alla mia gattina, controllo se la sua ciotola è a posto e mi precipito giù per le scale evitando anche l'attesa dell'ascensore.

Quando esco dal palazzo il freddo pungente mi colpisce in pieno viso, frugo nello zaino in cerca del basco, anch'esso rosa cipria.

Mentre corro per arrivare a Piccadilly Circus il fiatone aumenta come il battito cardiaco, spero non se ne accorga nessuno a lavoro, o che almeno i miei colleghi coprano il ritardo.

Punto l'insegna *Magic coffee bar* poco distante, arrivo davanti alla caffetteria dove lavoro e dopo aver dato uno sguardo furtivo mi fiondo sul retro, sto per allacciarmi il grembiule quando mi rendo conto che di turno c'è la mia collega acida, Beth.

«Crystal, pensavi di prenderci in giro? Guarda che me ne sono accorta che sei in ritardo, e di parecchio!»

«Beth mi scuserò con Bryan a fine turno, ora non è il momento di perderci in chiacchiere.»

«È qui che sbagli, Bryan è stato già informato e ti aspetta nel suo ufficio.»

«Ah sì? E da chi sarebbe stato informato visto che qui ci siamo solo noi due?»

«Non ha importanza, ciò che conta è che sappia che hai sgarrato.»

«Stai scherzando spero, è il mio primo ritardo in un anno e non è con te che devo giustificarmi, ho già detto che mi scuserò con lui che è il capo.»

Mi squadra da capo a piedi con il suo perfido sorriso e io mi dirigo verso la porta in fondo, non faccio in tempo a raggiungerla che Bryan esce dall'ufficio e mi viene incontro.

«Signor Bryan buongiorno, mi scusi per il ritardo, recupererò volentieri questi venti minuti quando vuole» accenno un sorriso un po' tirato dovuto anche alla pre-

senza di quella arpia di Beth.
«Mi dispiace Crystal ma non c'è bisogno di recuperarli...»
«Oh la ringrazio, allora corro subito a lavoro.»
«No Crystal, non ho finito il mio discorso.» Il suo tono inizia a preoccuparmi e la mia collega continua ad infastidirmi con i suoi sorrisetti carichi di vendetta. «Dicevo che non c'è bisogno di recuperare i minuti di ritardo perché sei licenziata.» Le sue parole mi arrivano come una doccia fredda e non mi sembra vero quello che sta succedendo.
«Come sarebbe a dire licenziata? Per venti fottuti minuti di ritardo? Il mio primo ritardo?» per la prima volta le parole che mi escono dalla bocca hanno un tono sprezzante e quasi mi stupisco di me stessa.
«Non sei la persona adatta a questo lavoro Crystal, mi dispiace.» Sorrido istericamente alla sua finta affermazione di dispiacere.
«Già! O forse non sono adatta per determinate confidenze con il capo?» dico di getto vomitandogli addosso tutto il disprezzo accumulato in un anno per i suoi modi viscidi.
«Può essere, ma vedi Crystal, non mi sembra di aver mai esagerato, ti ho trattata semplicemente come tutte le mie dipendenti, ho confidenza anche con Beth, eppure non mi sembra abbia mai fatto scenate di questo tipo per una carezza ogni tanto, anzi siamo diventati buoni amici.» Dopo aver finito il suo discorso si avvia verso la saletta del bar per farsi preparare da Beth il suo solito *flat white* in versione take away da portar via. Mentre lo seguo, alla radio George Michael canta *Last Christmas,* compiaciuta mi avvio al bancone e mi ri-

volgo alla mia *simpatica* collega: «Beth, lasciami l'onore di preparare ancora una volta al mio ex capo il suo cappuccino».

Intanto che mi accingo alla preparazione, mi rivolgo a lui: «Signor Bryan, vede ci tengo a prepararle il suo *flat white* anche oggi per ringraziarla della possibilità avuta di lavorare nel suo bar» metto il cappuccino nella tazza in cartone da asporto, ma non inserisco il coperchio e mentre si avvicina gli sorrido.

«Grazie Crystal, ora puoi andare.»

«Certo, ma non prima di averglielo versato addosso!» e mentre davanti alla faccia sgomenta di quella perfida di Beth faccio un bagno di cappuccino al mio capo vestito di tutto punto, anzi ex capo ormai, auguro una buona giornata ad entrambi.

«Ah, dimenticavo! Continui pure a palpare il culo a chi glielo permette pur di tenersi uno straccio di lavoro, io me ne vado da qui a testa alta! E cambi quell'insegna là fuori che questo posto di magico non ha un bel niente. Buone feste!»

Inutile dire che sono uscita di lì fiera e orgogliosa di me ma, una volta fuori, mi sento affranta.

"Era questa la leggerezza di cui parlavo ieri? La magia del Natale che scioglie anche una ragazza di ghiaccio come me?"

C'è da dire che non sono stata tanto composta, ho reagito, ho esternato le mie emozioni, *"anche se non erano positive"*, mi ritrovo a pensare, e mi sfugge un sorriso divertito ricordando le loro espressioni, una Crystal coraggiosa e irriverente non se l'aspettavano.

Ma ora sono disoccupata.

***

Cammino lungo Piccadilly senza una meta precisa. Immersa nei miei pensieri alquanto deprimenti, non ho voglia di tornare a casa, voglio distrarmi altrimenti finirei ad ingozzarmi di schifezze e a deprimermi ancor di più, cercando conforto sul pelo morbido e profumato di Clo. Passeggiando apatica sul marciapiedi arrivo davanti alla mia pasticceria preferita, lo capisco dal profumo che precede una signora mentre esce dalla porta con in mano un grosso vassoio. Alzo lo sguardo e la vetrina del *Cherry's bakery* è già addobbata. I toni dell'oro e dell'argento mettono in risalto le meravigliose creazioni, le luci bianche illuminano cupcakes e torte a più strati facendomi perdere tra i loro colori. Resto imbambolata qualche minuto davanti a tanta meraviglia, le mie mani sul vetro freddo appannato dal mio respiro, il naso attaccato a questo come una bambina. Dall'altra parte della vetrina Cherry mi fa cenno di entrare e non me lo faccio ripetere due volte.

Mi siedo al solito tavolino rotondo avvolta in una nuvola immaginaria di vaniglia e zucchero, respirando a pieni polmoni quel profumo inebriante.

«Crystal ciao! Strano vederti a quest'ora, come stai?» mi saluta la pasticcera mentre mi viene incontro.

«Buongiorno Cherry. Potrei stare meglio, ho appena perso il lavoro.»

«Oh, mi dispiace cara. Dai, sei una ragazza in gamba, vedrai che ne troverai presto un altro!» sorridendo mi accarezza una spalla, «ora mettiti comoda che ti coccolo un po' io stamattina, ok? Ho appena sfornato delle novità che ho creato per Natale! Sono sicura ti piaceranno perché hanno anche il tuo ingrediente preferito!» e con i capelli blu, in un'acconciatura da pin-up ad incorniciare un sorriso smagliante, raccolti da una bandana a righe bianche e rosse che ricorda i bastoncini di zucchero sparsi per il locale, se ne va dietro il bancone arcobaleno e pieno di lucine, ancheggiando nelle sue forme morbide e generose.

"*Non avevo intenzione di ingozzarmi, ma i dolci non sono schifezze, giusto? E poi fanno bene al mio umore.*" Continuo a ripetermi tra me e me mentre addento un cupcake così delizioso da emozionarmi, un calore mi invade il petto quando le papille gustative captano il caramello denso e corposo che si sposa alla perfezione con il sapore di biscotto, tutto avvolto nella panna, soffice e leggera come una nuvola.

Non ci sono per nessuno. Passo e chiudo.

Invece il telefono squilla annunciando nuovamente mia madre e Destiny, mi decido e rispondo almeno alla mia amica.

«Destiny dimmi.»

«Buongiorno eh! Ma che vuol dire dimmi?»

«Vuol dire che non sono dell'umore giusto e che in un certo senso c'entri anche tu...»

«Mi sono appena svegliata e ti ho già fatto qualcosa?»

«Ho perso il lavoro per aver fatto tardi. Non sono riuscita a svegliarmi dopo la serata, o nottata dovrei dire? Sì, insomma, dopo aver fatto tardi al *Bachata* con te e i tuoi amici ballerini, tutto chiaro?»

«Aspetta, aspetta! Che cazzata è questa? Tu sei così precisa, pignola e petulante che non hai mai fatto tardi e per una volta che capita ti licenziano?»

«Grazie per avermi dato della petulante!»
«Oh andiamo, di tutto il discorso ti sei soffermata solo su quello? Era un complimento rivolto alla tua serietà.»
«Oh davvero? Grazie per il complimento allora... comunque io sono da Cherry, se passi ti spiegherò meglio.»
«Ovvio che passo, così farò colazione lì con una bella fetta di torta triplo cioccolato! Arrivo.»
«Ti aspetto! Ehi Cherry, prepara la solita fetta di torta per Destiny, è affamata.» Dico sorridendo mentre ripongo il telefono.

Passo al secondo assaggio. Uno stuzzicante sapore di mela caramellata unita al mio amato miele, eccolo l'ingrediente di cui parlava Cherry, e un pizzico di cannella a stimolare le endorfine.

"Ormoni della felicità fatevi avanti!"

«Mm Cherry, questo sa proprio di Natale, hai le mani d'oro! Te l'ho mai detto?»
«Ogni volta Crystal, me lo ripeti ad ogni assaggio! Ti ringrazio tantissimo, è bello vedere quanto apprezzi e gusti fino in fondo gli accostamenti dei sapori.»
«Io sono pazza dei tuoi dolci, fosse per me sarei qui ogni giorno!»
«Sei sempre la benvenuta, cara.»

4 - CRYSTAL

«Uh! Non riesco neanche a respirare» annaspa Destiny con il fiatone mentre, tra una metro e l'altra, raggiungiamo la riva sud del Tamigi.

«Des, camminare è il minimo che possiamo fare dopo la scorpacciata di dolci. Poi tu, con quella triplo cioccolato giornaliera ti farai venire il diabete.» Alzo gli occhi dal marciapiedi e lo spettacolo che mi si palesa davanti è quello che mi lascia tutti gli anni a bocca aperta. Londra a Natale è un tripudio di addobbi, alberi e lucine.

"*È pazzesca.*"

«Che ne dici se andiamo a fare un giro sul London Eye?» propongo alla mia amica mentre lo osserviamo imponente sopra di noi.

«Stai scherzando Crystal? Non ho mica mangiato tutto quel ben di dio per vomitarlo sulla ruota panoramica!»

«Sei proprio una folle!» rido.

«Mai quanto te che hai ancora il coraggio di andare in giro vestita color puffo!»

Ora non rido più.

«Ce l'hai ancora con il mio cappottino? Ti ho già detto…» e Destiny continua la mia frase a memoria: «Che è caldo, femminile, comodo e il mio preferito! Ho perso il conto di quante volte lo hai detto.»

Tolgo qualche pelucco immaginario dal cappotto e alliscio il tessuto con la mano.

«Esatto, e poi si abbina benissimo ai miei colori, questo turchese, azzurro, sì insomma questo color puffo si intona benissimo ai miei occhi blu e ai capelli color miele.»

Mi osserva con un sopracciglio alzato: «Facciamo una cosa, andiamo a fare shopping!» la fermo per un braccio mentre riprende a camminare.

«Quale shopping dovrei fare secondo te se ho perso il lavoro?»

Sbuffa e mi strattona: «non ho detto prosciuga il tuo conto, ma almeno un cappottino più elegante te lo meriti in questa giornata iniziata con il piede sbagliato, anche se alla fine si è rivelata una svolta non lavorare più con quel viscido, fidati! Di lavori ne troverai altri, non temere» e mentre mi prende sottobraccio inizia pure a piovere, non bastava il freddo pungente.

Dopo una ventina di minuti in metro ci ritroviamo davanti ai grandi magazzini, prima di entrare fisso la scritta in verticale Harrods intimorita dai consigli che potrebbe darmi Destiny con i suoi gusti opposti ai miei, basta guardare i pantaloni neri che indossa e che le aderiscono come una seconda pelle e la sua ecopelliccia bianca che, accostata al caschetto nero corvino, spicca come neve.

"Rabbrividisco ogni volta che le vedo quel giacchetto, ma che diamine, sembra indossi la mia Clo!"

A me invece piacciono i colori, le gonne ampie a ruota e i pon pon, i fiocchi e le ballerine, le calze ricamate e i cappelli, praticamente sembro uscita da un libro di fiabe e lo dico anche con una certa fierezza.

Pochi minuti dopo mi ritrovo innamorata di un cappottino svasato sul fondo e con la cintura in vita, come

fosse un abito.
«Guarda come mi sta bene Destiny, è anche a metà prezzo! Stava aspettando me.»
«Ma tutti tu li trovi questi colori assurdi? Ti mancano solo le orecchie a punta e poi saresti un perfetto elfo di Babbo Natale, te ne rendi conto?»
«Allora sono a tema. Siamo quasi a Natale, o no? E poi questo verde profondo è meraviglioso e brillante, sarà perfetto con le mie ballerine rosse di velluto, sai, oltre al lavoro non vorrei perdere anche lo spirito natalizio!»
«Oh ma figurati, di questo passo potresti tranquillamente andare a lavorare negli spettacoli natalizi per bambini, sono sicura che una come te la prenderebbero ad occhi chiusi» dice rassegnata mentre ripone su uno scaffale tutto l'abbigliamento elegante e dai toni scuri che aveva preso anche per me.
Stavolta ho vinto io.
E me ne torno a casa felice con *elfo*. Sì, ho appena trovato un soprannome al mio nuovo cappottino che andrà a fare compagnia a *puffo*.

***

Giro per casa in preda ad emozioni contrastanti, dopo una giornata passata a camminare per le vie di Londra. Mentre mi spoglio per mettermi il mio comodo pigiama di pile, da perfetta *antica* come mi definirebbe Destiny, ripenso alla giornata appena trascorsa e non so se sentirmi triste e sconfitta per aver perso il lavoro o grata per non dovermi abbassare a collaborare con modi di fare che non approvo, e poi oggi ho sorriso per aver mangiato dei dolci squisiti e per aver acquistato un capo che adoro, ho dedicato del tempo alla mia amica e soprattutto a me stessa, insomma poteva andare peggio.

Ma rimangio le ultime parole qualche minuto dopo aver chiuso la telefonata con mia madre.

Che diamine! Ci mancava anche questa adesso, passare le feste natalizie da sola perché i miei all'improvviso hanno pensato bene di voler recuperare il viaggio di nozze che non sono mai riusciti a fare. *"Lo facciamo adesso che sei una donna tesoro mio, sei grande e possiamo stare tranquilli, vero Crystal?"* queste sono state le parole di mia madre. Ha ragione per carità, ma proprio quest'anno che non sarò occupata neanche con il lavoro? Vorrà dire che mi autoinviterò a stare da Destiny, sempre se non cambia i suoi programmi anche lei, a quanto pare oggi non è proprio giornata.

5 - CRYSTAL

Oggi è un altro giorno, e spero sia decisamente migliore!

Mi stiracchio nelle mie caldissime lenzuola di flanella, proprio quelle che Destiny definirebbe ancora una volta da vecchia, ma me ne frego, io sono freddolosa, mica *caliente* come lei. Di fianco a me, nell'incavo del mio braccio, trovo Clo appisolata che respira profondamente, le do un bacino sul pelo soffice e bianco come una nuvola e si stiracchia anche lei.

«Abbiamo sonnecchiato parecchio oggi, vero fiocco di neve?» e lei, in risposta, mi dà un bacino sul naso con la linguetta ruvida, non potrei mai fare a meno di questi nostri attimi di tenerezza.

Mi alzo e la lascio al calduccio, accendo la tv e metto il canale della radio che ascolto tutti i giorni, le note allegre e swing di *Rockin' Around The Christmas Tree* risuonano nel salottino, non freno il mio istinto, le gambe si muovono con passi incerti e scoordinati, quanto mi piacerebbe saper ballare come Cherry, lei sì che si diverte tantissimo con lo swing e poi ha davvero le mani d'oro perché oltre a sfornare delizie per il palato è abilissima a cucire; tutti gli abiti personalizzati che ho sono stati creati da lei su mia commissione. *"E vogliamo parlare delle acconciature retrò che sfoggia ogni giorno? Favolose!"* Mentre sorrido arrivano le note, dolci e allegre di *Honey, honey* degli *ABBA*.

Appoggio il telefono e faccio partire la videochiamata a Destiny, intanto comincio a scatenarmi; dopo qualche squillo risponde, vedo il suo caschetto arruffato dal cuscino: «Io sono carica Des, cosa facciamo oggi?»

«Crystal, ma sei pazza? Fammi almeno prendere un caffè! E poi di prima mattina mi fai sentire questa musica antica che quasi mi viene voglia di rimettermi a dormire.»

«Ma va! Lo sai bene che questa è la mia canzone!»

«Sì, ok, ma io ho il ballo latino nel sangue! A proposito, quando facciamo un'altra serata al *Bachata*?» alla sua domanda mi arresto di colpo, ho come la sensazione di sentire mani vellutate e profumate di *non so cosa*, sfiorarmi. Quel ricordo mi investe. Sento le guance andarmi a fuoco e, all'improvviso, un caldo tremendo.

«Des, aspetta un attimo che vado in bagno e torno!» mi precipito in bagno per specchiarmi e ciò che vedo mi imbarazza ancor di più. Il viso in fiamme, gli occhi luminosi e questo pigiama da ape gigante a righe gialle e nere mi sta facendo mancare l'aria, mi do una sciacquata al viso con acqua fresca e cerco di trovare un po' di autocontrollo. «Diamine! Ma che cavolo mi prende? Solo a ripensare a quel ballo mi riduco come un'adolescente alle prime cotte. Sciocca di una Crystal ingenua, datti una regolata!» mi dico ad alta voce per rimproverarmi al posto della mia amica che altrimenti mi farebbe ancor più nera, mi direbbe che sono troppo romantica, che sogno ad occhi aperti e che le favole non esistono, ma io nel mio bozzolo fatto di miele ci sto bene e sono sicura che se dovesse arrivare, l'amore vero, si farebbe riconoscere.

Dopo essere tornata in me, riprendo la videochiamata e, quasi quasi, spero Destiny si sia riaddormentata.

Invece la vedo trafficare in cucina.
«Ehi, sono tornata» le urlo mentre recupero il telefono e cerco di sovrastare la musica.
«Era ora. Ti eri persa nel tuo microscopico appartamento?» mi deride mentre nel pigiama di seta bianca lucida, zucchera la sua tazzina. Mi decido a spegnere sia la radio che la tv e butto un occhio all'orologio appeso in cucina.
«Sono già le nove e non ho ancora combinato nulla. Ho tutta la giornata davanti ma non so che fare, uffa! Destiny ma tu non ti annoi senza lavorare? Come passi le giornate?»
Finisce il caffè prima di rispondere: «Questa poi! Ti sei dimenticata che sono zia di quattro nipoti e che spesso e volentieri gli faccio da babysitter?»
Nel frattempo Clo mi raggiunge sul divano e si raggomitola sulle mie gambe: «Hai ragione! Ti danno un bel da fare loro.»
Recupera il telefono anche lei e si avvicina alla fotocamera: «Che ne dici di cominciare a dare un senso a queste giornate?»
«In che modo?»
«Prima di tutto andando ogni mattina a fare colazione da *Cherry's bakery*!»
«Beh direi un ottimo inizio... e poi?»
«E poi che ne so, intanto ci sfamiamo.»
«Giusto!»
«Ci vediamo tra mezz'ora lì. E non presentarti vestita da puffo o da ape, per favore Crystal, che non è carnevale!»
«Piantala! A dopo pazza.»

***

Mi ritrovo a fissare di nuovo la vetrina di Cherry. Variopinta e ricca di ogni specialità, con tutte le decorazioni natalizie e le mille luci a intermittenza è da incanto. Ci sono torte glassate e stratificate con ogni tipo di crema coperte dalle eleganti cloche di vetro e alzate a più piani che ospitano dei bellissimi e deliziosi cupcakes super invitanti. L'eccessiva salivazione mi avvisa che ho l'acquolina in bocca, e lo stomaco che brontola per la fame mi invita ad entrare, come al solito Destiny non è ancora arrivata.

Respiro a pieni polmoni una folata di aria calda che mi accoglie, stavolta profuma di zucchero e mele.

«Cherry, buongiorno! Te l'avevo detto che fosse per me starei qui ogni giorno!»

Alza lo sguardo da un vassoio di biscotti natalizi.

«Oh Crystal, tesoro, sei sempre la benvenuta, e mi fa sentire gratificata se posso in qualche modo rallegrarti con i miei dolci», mentre aspetto mi accomodo ad un tavolino libero e sorrido guardandola riporre il vassoio di biscotti e prendere una *sac a poche* per farcire dei cupcakes con una mousse dorata, è proprio dorata e scintillante!

«Cherry, i tuoi dolci sono miracolosi! E poi ora sono curiosa di assaggiare uno di quelli!» le dico in un ampio sorriso mentre lo scampanellio ci avvisa dell'arrivo di alcune clienti e di quell'uragano vestito di ecopelliccia bianca.

«Sei sempre in ritardo» la rimprovero mentre si aggiusta il caschetto liscio e perfetto.

«E tu sei talmente in anticipo che ancora hai addosso

quel coso obbrobrioso che potresti appoggiare ad una sedia!» sentenzia riferendosi ad *elfo.*

Mi guardo allo specchio sulla parete di fianco a noi e sorrido vedendomi molto natalizia con il cappottino nuovo di quel verde scuro e intenso, abbinato alle mie amate ballerine rosse di velluto con il fiocchetto di raso sulla punta, le calze ricamate di un nero velato con la riga sul retro, e un basco rosso sopra la mia folta e lunga chioma di boccoli color miele, adoro i cappelli. Anzi, adoro gli accessori in generale, compresi i cappelli.

«Avevi detto che non è carnevale, ma è quasi Natale, quindi… Sei solo invidiosa perché io amo i colori e tu invece non esci mai fuori dal black & white!»

Accenna un sorriso: «Beh, devo ammettere che tu sai portarli questi colori e queste cose... come le chiami tu? *Bon ton?* Ecco io non mi ci vedrei».

Mentre mi tolgo il cappottino la vedo però assentire compiaciuta mentre osserva il mio abito.

«Perché tu, mia cara Destiny, sei una femme fatale e non una romantica come me!»

«Hai ragione amica mia, siamo due opposti ma complementari, ad esempio insegnami come si fa a non cedere alle avances che mi fanno gli uomini, ovviamente parlo di quelli fighi! Cherry, per me la solita fetta di torta!» parla a bassa voce, enfatizza solo l'ultima frase, poi si sporge in avanti per avvicinarsi a me, «comunque stavolta il tuo abito mi piace molto sai?»

Scoppio in una sonora risata.

«Ci credo Des, è nero! Invece per gli uomini dovremmo aiutarci a vicenda perché abbiamo seri problemi entrambe, anche se completamente agli antipodi!» e ci stringiamo le mani ridendo come due amiche complici e affiatate pronte a divorare calorie che donano il buonumore.

Cherry arriva al nostro tavolo con il vassoio straripante.

«Allora ragazze, per te la solita dose giornaliera di triplo cioccolato» dice mettendo sotto il naso della mia amica una mattonella marrone super lucida di cioccolato cremoso, «e per te Crystal il nuovo cupcake a cui devo trovare ancora il nome, spero ti piaccia! Buona colazione!»

Fissiamo a bocca aperta quella creazione che, quasi, mi dispiace disfare.

«Cry, ma è un'opera d'arte.» Destiny è a bocca aperta per lo stupore.

«Già, è proprio un'opera d'arte!» confermo girando il piattino per ammirarne la brillantezza.

La carta del pirottino è lucida di color bordeaux e la soffice mousse dorata è impreziosita da una scia di stelline scintillanti.

Addento il cupcake lentamente per decifrarne i gusti, il primo sapore che sento è la crema al burro leggera e soffice al palato che delicatamente accompagna gli zuccherini croccanti a forma di stella e il pan di spagna di un rosso acceso tipico della red velvet, che stavolta al centro è impreziosito da qualcosa, mi soffermo ad osservare il ripieno: «Ma ha il cuohe di cioholato bianho fuso!» dico in modo indecifrabile con la bocca ancora piena mentre per la pasticceria risuonano le canzoni natalizie che tanto adoro. «Ho il nome! Cherry, ho trovato il nome per questo cupcake stellare!» e inebriata da tanta prelibatezza le faccio i miei migliori complimenti, mentre lei sorride raggiante nella sua bandana rossa a pois bianchi.

«Davvero? E allora dimmelo, sono curiosa!».

Mi alzo in piedi, afferro il cupcake e la raggiungo dietro il bancone: «È senza dubbio *stardust*, questa polvere di stelle dorata è magia per il palato!» e ci stringiamo in un abbraccio.

«Che *stardust* sia allora, grazie Crystal.»

6 - CRYSTAL

Siamo al sei di dicembre, è già trascorsa più di una settimana da quando ho perso il lavoro e non faccio che crogiolarmi tra pigrizia e cibo spazzatura, meno male c'è Destiny che ogni tanto mi preleva dal mio buco di appartamento. L'entusiasmo e l'energia sono durati poco, un paio di giorni, non mi va neanche più di uscire per la colazione.

Sono le ventuno e sto guardando alla tv l'ennesima commedia romantica natalizia, quando suonano al campanello, dallo spioncino vedo Des con la sua piega impeccabile e il rossetto rosso fuoco.

«Ma dove devi andare così agghindata?» le chiedo non appena apro la porta; dal suo cappottino noto sbucare un vestitino nero ricco di paillettes.

«Casomai, dove *dobbiamo* andare!» mi sfila davanti ondeggiando i fianchi sui tacchi alti e io la seguo con le pantofole pelose e giganti a forma di ape.

«Cosa? Non metterti nulla in testa Des, non so dove sei diretta ma ci andrai da sola, io ho già la serata programmata!»

«Oh sì, lo vedo, che bella serata hai in programma. Stai guardando per la milionesima volta *L'amore non va in vacanza*, te ne rendi conto?» ritorno sul divano accanto a Clo che sonnecchia e al mio barattolo di miele d'acacia che stavo spalmando su del formaggio.

«Lo sai che è il mio preferito, e poi sto cenando, non vedi?»

Mi osserva, mette le mani sui fianchi e alza un sopracciglio: «Stai cenando con del miele?»

Annuisco con la bocca piena: «Mmh mmh! e con hormaggio».

Alla mia risposta ondeggia una mano come se stesse scacciando una mosca: «Te l'hanno mai detto che non si parla con la bocca piena? Comunque, finisci la tua cena, corri a toglierti tutte quelle api di dosso e sostituiscile con qualcosa di carino».

Ingoio l'ultimo boccone prima di risponderle per le rime: «Destiny cosa non hai capito di quello che ho detto? Non vengo da nessuna parte!»

Ora i suoi occhi maliziosi sono incollati ai miei.

«Neanche se ti dicessi che andremo al *Bachata* e che è domenica, lo stesso giorno di quella sera?»

Sbarro gli occhi mentre rifletto qualche secondo sulle sue parole, mi basta solo qualche attimo in effetti per decidere.

«Ok, vado a prepararmi! E togliti quel sorrisetto compiaciuto dalle labbra!» le urlo mentre mi dirigo in camera.

***

Dopo più di un'ora siamo sul solito divanetto del locale e non riesco a stare ferma e tranquilla.

«Crystal, calmati. Siamo qui per divertirci e non per farci venire l'ansia!» guardo la mia amica, faccio un lungo sospiro e mando giù il drink tutto d'un fiato.

«Sì, hai ragione. Poi probabilmente neanche ci sarà, e sicuramente non si ricorderà neppure di me e del nostro ballo, in fondo sono una delle tante, guarda che casino di gente intorno a noi...» dico rivolta a Destiny.

«Sì, è vero, anche se...»

Alzo gli occhi su di lei mentre mangiucchio la cannuccia nel bicchiere: «Anche se?»

Non fa in tempo a rispondermi che un uomo la trascina a ballare e lei ammiccando e ancheggiando lo segue.

«Ecco lo sapevo! Ora mi ha lasciato con ancora più ansia.» Dico ad alta voce.

Dopo un'ora trascorsa a poltrire sul divano da sola, decido di alzarmi, stavolta non per andare alla toilette, sembra che ne abbia quasi paura, ma per avvicinarmi all'angolo bar per un altro cocktail. Il barman mi ha appena appoggiato sul bancone il secondo bicchierone guarnito con una fettina d'arancia e dello zucchero sul bordo. Guardo questo *sex on the beach* - nome che decisamente non approvo, tanto da vergognarmene anche mentre lo ordino - che ho davanti al naso, già consapevole che mi darà alla testa vista la mia abitudine a bere solo tazze di tè e tisane. Subito dopo averlo finito, ne chiedo un altro.

«Ehi, barman! Qualsiasi drink purché abbia il miele dentro, è il mio punto debole!» dico con voce già instabile mentre con un dito punto il barista davanti a me.

Non sono per niente abituata a bere alcolici, ma in queste situazioni sembrerebbero essere gli unici amici ad aiutarmi. Lo mando giù di gusto, questo sapore fruttato e dolce mi piace, sorseggio dalla cannuccia e ondeggio sullo sgabello a ritmo di musica ridendo da sola, non sembro nemmeno io, quasi mi sembro sciocca. Non mi interessa nulla, per un attimo dimentico che questa sala da ballo immensa è stracolma di gente, dimentico addirittura di non saper ballare e mi alzo dallo sgabello con il mio fedele bicchierone in mano, do un'altra succhiata alla cannuccia ma non esce più niente, che strano, sembra tanto grande questo bicchiere eppure è già finito, è rimasto soltanto il ghiaccio. Ah no, c'è ancora una fettina d'arancia sul bordo. Me la infilo tra i denti lasciando al di fuori della bocca solo la buccia sottile e proprio in quel momento si fa di nuovo buio, io sono in piedi a ballare non so cosa e non so come, il bicchiere vuoto in mano e la fettina d'arancia in bocca. In questo momento agli occhi degli altri devo sembrare una vera idiota, o forse lo sembro solo ai miei sempre troppo critici.

Quando nel buio inizio a sentire *quella canzone*, la testa sembra non girarmi più, l'autocontrollo ha ripreso il suo ruolo, le urla eccitate e gli applausi della gente accompagnano le note e mentre sto pensando di togliermi quest'affare dai denti, una mano mi precede, e a me sembra di svenire talmente il cuore batte all'impazzata. Due dita che profumano di quell'aroma che riconoscerei tra mille, mi sfilano la buccia dalle labbra ed io, nel buio, intravedo solo una bocca sorridente, dei bei denti, non di quelli finti da pubblicità che ti accecano come fossero diamanti al sole, dei denti reali, leggermente irregolari ma belli, un sorriso affascinante e luminoso e sono sicura di avere un'espressione ebete stampata in faccia, spero a questo punto che oltre all'arancia non riesca a vedere altro, visto che la spavalderia di poco fa sembra essersi dissolta. Una mano calda, quella mano calda, morbida e per niente sudata mi sfiora per prendere il bicchiere che tengo ancora sospeso a mezz'aria, sta facendo tutto lui, proprio come l'altra volta, e non ci sto capendo nulla, di nuovo. Mi guida totalmente, anche quando sembro non essere in grado di intendere e di volere.

Sento il suo profumo, così buono, difficile da dimenticare e facile da identificare.

"È lui! Non ho alcun dubbio."

Le stesse note risuonano ad altissimo volume in tutti gli angoli del locale e la mia testa gira per l'emozione, la sua mano mi accarezza la spalla fino a cingermi sotto il braccio e l'imbarazzo mi invade con un fortissimo calore quando sento la presa all'altezza del seno spostarsi verso la schiena, le sue dita si incastrano alla perfezione sulla fossetta che percorre la mia spina dorsale lasciata scoperta da una maglietta decisamente troppo audace - ovviamente scelta da Destiny - e ad ogni suo contatto con la mia pelle, avvampo. Mi sfiora la schiena guidandomi, mentre con una mano scende dalla mia spalla e le nostre dita si trovano intrecciate. Con la sua delicatezza e gentilezza mi confonde e il suo profumo mi ammalia, di nuovo. Nella penombra riesco a malapena a vedere la sua sagoma, le spalle non sono eccessivamente larghe, mi sovrasta di poco, e questo mi fa sentire coccolata ma non a disagio, sembra una corporatura normale, nulla di esagerato, solo il profumo che emana mi disorienta. Con la sua abilità e scioltezza mi padroneggia, come se fosse normale ballare con una imbranata come me, come se per lui fosse un'abitudine guidare i miei passi incerti e la mia sensualità che fatica a manifestarsi. Alza le nostre braccia e le incrocia in un gioco sensuale in cui le teste si sfiorano ondeggiando dentro le nostre braccia incatenate, lo sento respirare intensamente sui miei lunghi capelli, ed io invece affanno a respirare a causa del suo odore di... *"non riesco ancora a decifrarlo dannazione"*, ma arriva alle mie narici dolce e intenso al tempo stesso. In un movimento fluido e deciso - molto direi - mi fa roteare con una piroetta e in uno slancio mi ritrovo la chioma arruffata e il viso ad un soffio dal suo, annaspo quando ho i suoi lineamenti davanti, vedo un velo di barba scura ad incorniciare di nuovo quel sorriso, non vedo altro perché i miei occhi non ne vogliono sapere di staccarsi dalle sue labbra così perfettamente disegnate. In un nano secondo, quello che è bastato per mandarmi in tilt, miro la sua bocca e sto per avvicinarmi così, disinibita e senza pudore, sfrontata e istintiva, come la donna che non sono mai stata.

Che fine ha fatto la mia razionalità?

E il mio buon senso?

E la mia compostezza?

Che fine hanno fatto?

Ma improvvisamente riaccendono le luci, per fortuna!

7 - IL BALLERINO SCONOSCIUTO

Come ogni settimana mi ritrovo, ancora una volta, in questo locale con la scuola di ballo che frequento in città, ma l'umore è pessimo, direi di merda. I miei amici ballerini mi trascinano spesso con loro quando si tratta di queste serate, lo fanno proprio per cercare di farmi svagare, allontanare i pensieri dagli ultimi avvenimenti che mi hanno sopraffatto a lavoro ma, anche se amo ballare, non riesco più a trovarne la magia e la passione che provavo un tempo, anche se… per un attimo mi torna alla mente il ballo al buio con una sconosciuta.

«Nah!» mi ritrovo a dire ad alta voce come per cacciare quel pensiero ridicolo. Quella donna è un assurdo grattacapo. Non ha coordinazione nei movimenti e sembra non centrare nulla con quel posto. Meglio se vado al bar a rinfrescarmi la gola, anzi, ad annacquarmi le idee visto la strada che stanno prendendo.

Mi accomodo su uno sgabello e chiedo al barman il solito, un rum e cioccolato, me lo gusto con piacere, brucia e raggiunge il massimo della goduria quando mangio il pezzo di cioccolato fondente, un abbinamento intenso, parecchio intenso.

Mentre finisco di masticare il quadratino mi alzo e inizio a ballare sul posto, abbassano le luci ed ecco l'arrivo di quella canzone, mi unisco all'applauso perché proprio come tutti gli altri ballerini adoro questa piccola tradizione *caliente* del locale. Il pensiero di quella donna non mi ha ancora sfiorato, ed ecco che mi investe il profumo di miele che ci aleggiava intorno l'altra volta e che riconoscerei tra mille. Dolce e denso, incastrato perfettamente tra i suoi capelli ondulati.

Inspiro profondamente per captarne meglio l'essenza.

"È lei! Non ho alcun dubbio."

La vedo in penombra, improvvisa qualche passo incerto e mi fa sorridere vederla coraggiosa e audace, probabilmente grazie al bicchiere vuoto che tiene a mezz'aria, visto il disagio della volta scorsa. Si gira e al posto della lunga chioma intravedo una buccia d'arancia tra le labbra, come d'istinto mi avvicino e delicatamente la guido verso me, come un faro in mezzo al mare per un naufrago. O forse è lei che con la sua dolce essenza mi ammalia come il canto di una sirena con un marinaio.

Lei si arresta mentre le sfilo la fettina d'arancia dalla bocca.

"Come se mi avesse riconosciuto."

Ma ancora una volta scaccio questo assurdo pensiero dalla testa imponendomi di ricordare cosa pensassi delle donne fino a pochi minuti fa. Cerco di ritrovare un po' di autocontrollo e di ballare con lei come faccio di solito con tutte le altre, senz'anima. Ma quando me la ritrovo tra le braccia così timida, delicata e inesperta quasi m'illudo che ci possano essere eccezioni, lei si abbandona al mio movimento, si fida del mio tocco e la guido in una bachata più avventurosa. I profili dei nostri corpi si sfiorano e combaciano alla perfezione, le braccia s'incastrano come in un gioco di seduzione dove però sono io a subire il suo fascino. Sorrido spesso della sua goffaggine che ai miei occhi appare provocante.

Dopo una piroetta mi ritrovo i suoi capelli davanti al viso, la pelle nuda della sua schiena mi manda in tilt e quel suo profumo dolce mi destabilizza, non faccio in tempo a pensare alla consistenza del miele che immagino due labbra piccole e tenere come petali di un fiore che si appoggiano decise sulle mie.

Il sapore agrumato e gustoso lascia subito spazio alla dolcezza intensa del miele, come se lo avesse appena mangiato, e a me viene terribilmente voglia di mangiarle quelle labbra invitanti e morbide.

La sua bocca calda e fremente preme intensamente ed io impulsivamente l'accolgo rispondendo al bacio con bramosia. È un bacio incontrollato, di quelli che succedono e basta, senza premeditarlo o ragionarci, senza pensare a cosa sia giusto o sbagliato.

Ma anche se la voglia di affondare la mia lingua nella sua è immediata, la razionalità prende il sopravvento e la delusione mi coglie improvvisamente quando le luci si riaccendono ed io realizzo di averlo solo sognato quel bacio.

Lei si materializza davanti a me, ad un soffio dal viso, bella e delicata, due occhioni grandi e di un blu profondo mi fissano imbarazzati e le guance arrossate me ne danno conferma, i suoi capelli seguono il movimento delle onde e il suo sguardo sembra un mare in tempesta da cui traspare una burrasca di emozioni.

"Che sia davvero timida come l'ho immaginata? Nah! Al giorno d'oggi le donne non arrossiscono più, avrà sicuramente caldo per via del ballo."

«Ciao *Miss Honey*!» al mio saluto strabuzza gli occhi e la bocca si apre per lo stupore, l'ho già conquistata, le sorrido compiaciuto e malizioso.

«Scusi? Credo di non aver capito bene. Ciao cosa? Le ho forse dato modo di prendersi una tale confiden-

za?» il suo sguardo truce mi incenerisce all'istante, ma la signorina qui presente potrà incantare gli altri con le sue paroline, non me!
«Oooh, siamo passati dallo strusciarsi, a darsi del lei?» infuriata dalle mie provocazioni si porta la mano alla bocca per poi distoglierla immediatamente pronta a ribattere con la sua lingua tagliente.
«Come si permette? Si dà il caso che stavamo soltanto ballando come tutte le persone che ci circondano; in questi locali si viene per questo, è sempre lei a prendermi per mano, sì insomma a farmi ballare, io ero per i fatti miei a divertirmi...» sottolinea ogni punto tenendo il conto con la mano.
«Punto quinto» ribatto guardando a che punto è arrivata con il conto, «hai sempre afferrato la mia mano con piacere, potevi ritrarti. Punto sesto, non ti stavi divertendo per niente, eri da sola a fare quattro passi scoordinati mentre scolavi cocktail; punto settimo, sembrava piacerti ballare con me, e come se ti piaceva... tanto da volermi baciare. Ah! Questo era l'ottavo punto, Miss!» le sue guance si fanno sempre più rosse e l'espressione sbigottita che le si è stampata sul volto mi fa divertire, ovviamente ho trovato in tutto il locale l'unica precisina del cazzo, che non sa ballare ma viene in questi posti e che ai miei inviti non fa mai resistenza, eppure se la tira come se fosse una principessina composta. Una principessina che stava per baciarmi ma non lo ammetterebbe mai. Rido della sua goffaggine, sembra mantenere una certa postura elegante anche se si sta incazzando di brutto. *"Ma quanto è bella cazzo?"* Quelle labbra imbronciate gliele mangerei di baci e le farei fare altri due passi di bachata per scioglierla da quella postura diffi-

dente che ha assunto.

«Lei è…lei è un vero insolente, maleducato, sfrontato, arrogante, impertinente e…»

«Miss, hai elencato tutti sinonimi, bastava il primo e mi sorprende, visto quanto sei precisina, tu non li abbia elencati in ordine numerico» rido di gusto per questa nostra schermaglia e lei si infuria ancora di più, «non le permetto di chiamarmi come vuole e di parlarmi in questo modo!»

«Continuo a chiamarti Miss perché non conosco ancora il tuo nome, hai impiegato il tempo ad insultarmi e a fare anche la sostenuta, anziché presentarti» nel frattempo intorno a noi hanno continuato a ballare indisturbati e quando arriva la canzone *Me emborrachare* trovo un modo per zittirla e calmarla - perché non ho proprio voglia di ascoltare le prediche di una finta sofisticata - la faccio ballare.

Stavolta lo faccio guardandola negli occhi e beandomi delle sue espressioni di sgomento che sicuramente mi fanno assumere l'aria da stronzo malizioso, cosa che effettivamente sono diventato.

Lei si irrigidisce, non l'ho mai sentita così tesa nei nostri balli, sarà per l'imbarazzo del non saper ballare, o forse perché è infastidita dal mio modo diretto e senza giri di parole.

Sto pensando alle sue morbide forme accarezzate da questa gonna ampia che ruota ad ogni giro, i miei occhi indugiano ancora una volta sul suo corpo sinuoso e delicato, la pelle della sua schiena lasciata scoperta è così candida e liscia da farmi fantasticare, i suoi capelli sciolti e ondulati sono profumati come una cascata di miele ed io li inspiro profondamente adesso che li sto sfiorando, soffermandomi un po' di più ad accarezzare quelle onde dai riflessi ambrati. Ad interrompere questo flusso di pensieri accattivanti arriva un tonfo deciso che mi lascia frastornato.

«Cazzo! Mi hai dato uno schiaffo?» le dico bloccandomi con una mano sulla guancia.

«E lei mi sta annusando? Se non lo ha ancora capito io sono una ragazza composta e perbene, determinate confidenze non le tollero!»

«Stavamo solo... ballando.»

«E allora torni a ballare così con qualcun'altra!» mi dice disperdendosi tra la folla.

"Forse ho fatto troppo il coglione con la ragazza meno predisposta, ma mi attira come una calamita."

8 - CRYSTAL

Sono scappata a gambe levate.

"Ma perché non l'ho fatto prima? Chi si crede di essere questo spocchioso?"

Sto cercando Destiny in mezzo alla folla, mi guardo intorno in prossimità del nostro divanetto ma non la vedo, nel frattempo il sapore intenso del cioccolato che stava mangiando persiste sulle mie mani e sotto al mio naso, e non mi lascia andare.

«Crystal, eccoti finalmente!»

«Oh Des, sono sconvolta! Aiutami, ho fatto una cazzata! Ehm, volevo dire una cavolata.»

«Cry, sei un'adulta, le parolacce ti sono concesse ogni tanto, specie se ne sei così convinta! Sai spesso rafforzano il concetto di sbaglio, come in questo caso.»

«Come fai a sapere che ho commesso un errore?»

«Basta guardarti in faccia! Sembri un'adolescente terrorizzata perché il preside l'ha appena espulsa dalla scuola.»

«È così palese?»

«Oh, davvero palese, credimi! Chi hai maltrattato stavolta per una strusciata accidentale?»

«C... cosa? Oh! No, non è questa la cazzata che ho fatto, o forse in un certo senso sì...»

Eccola ancora una volta che inchioda il suo sguardo al mio in cerca di chissà quali prove.

«Cazzo Crystal! Hai incontrato di nuovo il ballerino sconosciuto, vero?» mi domanda in un ampio sorriso, «lo sapevo che ti avrebbe riconosciuta tra mille! Stavo per dirtelo proprio quando siamo arrivate», seguita Destiny.

«Che cosa intendi? Non seguo il tuo discorso, sono troppo frastornata, sii più chiara.»

«Intendo che il tuo discorso filava liscio, probabilmente poteva non esserci o non ricordarsi di te e del vostro ballo, in fondo sei una delle tante in mezzo a una folla di gente, anche se di imbranate che vanno in un locale del genere e non sanno ballare, credo che ce ne siano davvero poche! E meno male direi, così ti ha riconosciuta!»

«Devo prenderlo sempre come un complimento, immagino, vero?»

«Ovvio! Il tuo non saper ballare attira quell'uomo come una calamita, ci pensi? Oh, sono così eccitata per te.»

«Oh sì, lo sono anche io!» i suoi occhi si stringono a due fessure per incatenarsi ai miei e avvampo dall'imbarazzo, «cioè, volevo dire che... insomma è una situazione singolare in effetti, e intrigante, ma...»

«Certo che è intrigante questo gioco al buio con quello sconosciuto, e la cosa ti piace cara Crystal anche se questo interesse così anomalo ai tuoi occhi, ti sorprende e spaventa al tempo stesso» mi fa l'occhiolino ammiccante e distolgo subito lo sguardo dalla mia amica che scava a fondo e mi analizza sempre troppo bene.

«Non è così?»

«Sì, è così!» ammetto soprattutto a me stessa, «io, quando sono vicino a lui, non capisco più niente. Sarà stato colpa dei cocktail che ho bevuto, forse quando ci si ubriaca sono queste le idiozie che si fanno, oppure, oppure... È colpa di quel suo odore, sì, è quello che mi destabilizza. Sarà stato sicuramente quello, ne sono certa! Userà probabilmente una fragranza con i ferormoni, altrimenti non si spiega la mia pazzia. Stavo quasi per baciarlo, diamine.»

«Cosa?» la faccia sconvolta e fremente della mia amica mi sconvolge ancor di più, «Crystal ti prego, dimmi che ho capito bene!»

«Hai capito bene, purtroppo» e mi strofino le mani sul viso incurante del make-up che potrebbe rovinarsi, «ma per fortuna hanno riacceso le luci in tempo perché è un vero impertinente, odioso e... argh! Che rabbia mi fa!»

«Ma questo è super eccitante. Non ci posso credere, la mia amica bacchettona, seria e antica stava per fare una pazzia del genere?»

«Ti prego basta, non ripeterlo ancora, è già abbastanza frustrante così, grazie.»

«Ehi non devi prenderla così, non devi sempre rimproverarti» dopo aver constatato la mia espressione infastidita cerca di capire meglio cosa sia successo, «ma perché sei così arrabbiata con lui? Cosa vi siete detti tu e questo tizio che adesso avrà sicuramente un nome?»

«Cosa non ci siamo detti! Ci siamo insultati, incolpati, ma non ci siamo nemmeno presentati. E per come si è rivelato malizioso, sicuro di sé e strafottente, direi meglio così, a questo punto. Ah, e per finire gli ho mollato anche uno schiaffo.»

«Ecco lo sapevo... Ma cosa vi è preso? Perché è successa questa cosa? Dai, non posso crederci, c'era chimica e questo non si può negare.»

«Non ne voglio più sapere Destiny, davvero, non potrebbe *mai* essere il mio tipo!» mentre cerco il suo sguardo per consolarmi, mi prende per mano e mi invita a tornarcene a casa, la mia.

***

Lungo il tragitto in macchina nessuna di noi parla, lasciamo questo spazio alla musica del cd che sta cantando *Me Emborrachare*, ognuna persa nei suoi pensieri.

Chissà Destiny a cosa starà pensando?

Mi rimprovero di dare sempre troppa attenzione alle mie vicende e mi riprometto di chiederle un po' di più come sta, se ha bisogno anche lei di me, o di parlare, proprio come ho tanto bisogno io della sua presenza, per sfogarmi, per ridere, per analizzarmi e capire sbagli e paure. Lei è molto diversa da me e proprio per questo mi aiuta a guardare sotto un'altra prospettiva le varie situazioni. È la mia amica speciale, quella che c'è sempre, nel bene e nel male, a prescindere da qualsiasi incomprensione. La guardo mentre guida e sorrido nel vederla con un sorrisetto malizioso sempre stampato sul viso rilassato, il ritmo della canzone si fa sempre più intenso e lo seguo battendo il mio piede sul tappetino dell'auto. Guardando fuori dal finestrino mi perdo tra le mille luci delle luminarie natalizie che ravvivano la città oscurata dalla notte. Il pensiero va al contatto di quella mano calda e gentile sulla mia pelle, in netto contrasto con la sua supponenza, ma il cuore torna a battere furiosamente.

«Ehi Des, cosa significa *me emborrachare*?» sono io

a rompere il silenzio.

«Quello che hai fatto tu stasera, mi ubriacherò!» e le nostre risate rimbombano nell'abitacolo mescolandosi alle calde note della canzone.

***

Siamo a casa mia, indosso il pigiamone da ape e alla mia amica presto quello natalizio, inaugurando così le festività - inutile dire dopo quante imprecazioni sono riuscita a farglielo mettere - ci infiliamo nelle calde lenzuola di flanella con Clo in mezzo a noi a fare le fusa, ci confidiamo i nostri pensieri più segreti, ridiamo come pazze, io con il mio tè fumante al limone e miele tra le mani, e Destiny con un calice di vino rosso.

«Ritieniti fortunata cara Des! Avevo totalmente rimosso la presenza di questa bottiglia nella mia dispensa» sorrido mentre sorseggio la bevanda calda e accarezzo il pelo morbido e soffice della mia gatta, «oh sì! Ne avevo proprio bisogno.»

«Bevi per dimenticare?»

«In un certo senso.»

«Avanti parla...»

«Solo se mi prometti che poi mi racconterai tutti i dettagli di quel bacio mancato!»

Fingo di sbuffare.

«Ok, va bene, adesso parla.»

«Sono pazza! E dico letteralmente pazza, del mio profumiere, ma... è impegnato, cazzo!»

«Oh cavolo, hai sganciato una bomba Destiny! Ma intendi quell'uomo che miscela e personalizza il tuo profumo?» resto sconvolta dalla sua rivelazione.

«Pensi che io sia una folle, vero? Una ragazza per bene come te poi, lo penserà sicuramente.»

«No Des, io non giudico quello che provi, assolutamente. Ho solo paura per te, potresti soffrire per un amore così.»

«Hai ragione, ma non riesco a togliermelo dalla testa e quando lo vedo con lei dietro al bancone della profumeria è sempre un colpo al cuore, anche perché...» abbassa lo sguardo sul calice.

«Anche perché?» la invito a continuare.

«È un interesse reciproco, lo vedo da come mi guarda, da come mi parla, e poi quando mi sfiora mentre prova le varie essenze sui miei polsi, o sul collo, sento elettricità e sono sicura di non essere la sola a percepire tale trasporto.»

«Vi siete innamorati?»

«Crystal, io non sono una romanticona come te, lo sai. Non credo sia amore ma c'è chimica! Esattamente quella che c'è tra te e il ballerino sconosciuto.»

«C'è chimica dici?»

«Sì, esattamente quella! Quel fenomeno forte di attrazione che non sappiamo come e perché avviene, ma succede ovunque e sempre con la stessa persona, magari l'odore naturale della pelle, un profumo anche impercettibile al fiuto di terze persone; è quella sintonia tra due individui che difficilmente si riesce a spiegare a parole, quel qualcosa razionalmente indefinibile, quindi non ti sforzare a trovargli un nome, potrebbe anche non nascere un amore, ma c'è indubbiamente qualcosa che vi lega e vi attrae come due calamite.»

Sento le guance in fiamme alla spiegazione della mia amica, io che mi fermo sempre e solo alla ricerca del vero amore, quando magari potrebbe manifestarsi anche sotto aspetti che non ho mai valutato.

«Ma io... io non ho mai considerato queste cose, magari potremmo essere due persone talmente incompatibili che non potrebbero mai andare d'accordo.»

«La tua razionalità dice questo, e potrebbe anche essere così, ma la chimica dice altro, magari litighereste spesso per poi fare pace a letto!»

«Destiny ma cosa stai dicendo? Non andrei mai a letto con uno sconosciuto o con uno che non mi ama.»

«Sì, certo, vorresti fare l'amore solo con l'uomo della tua vita, ed è bello quello che pensi, ma la chimica dice altro, stasera hai quasi baciato uno sconosciuto e per come ti conosco, per arrivare ad un passo del genere, eri totalmente coinvolta tesoro. La razionalità parla, progetta e ragiona, la chimica agisce!»

Rifletto sulle sue parole e le confido: «Desideravo tanto quel bacio, quel contatto, e me lo stavo prendendo, senza *se* e senza *ma,* credo stessimo desiderando la stessa cosa in quel momento. Ma poi mi sono sentita una sprovveduta, sfrontata, e... cosa mi è saltato in mente? Potrebbe essere sposato, un padre di famiglia. Mi sono presa una confidenza che non mi è dovuta, ho sbagliato, punto e basta. Soprattutto dopo averlo sentito parlare».

«Continuava a stare lì e a parlarti?»

A disagio alzo gli occhi nei suoi: «Sì, ha continuato a controbattere alle mie parole e a puntualizzare che stavo per baciarlo io, per poi fare la sostenuta distaccata, poi mi ha annusata tra i capelli e a quel punto, dopo avergli mollato uno schiaffo, sono scappata».

«Desiderava baciarti anche lui allora, quindi non

farti paranoie inutili, e pure tu, perché facevi la preziosa come al tuo solito? Non aveva poi tutti i torti questo tizio! E ora dormi che domani mattina andiamo da Cherry a farci una bella scorpacciata di calorie scaccia ansie, ok?» sorridiamo al pensiero di quei gustosissimi dolci e ci diamo la buonanotte. Clo già dorme profondamente da un bel po' in mezzo a noi ed io mi accoccolo ancora di più a lei che mi rilassa con il suo respiro.

9 - CRYSTAL

Eccoci davanti al *Cherry's bakery*.

Spingo la porta d'entrata e vengo immediatamente accolta da una nuvola immaginaria di caldo profumo alla vaniglia, chiudo gli occhi beandomi della sensazione di benessere che sprigiona sempre questa pasticceria. Allo scampanellio della porta Cherry alza gli occhi dal bancone, stavolta ha in mano dei cioccolatini e quelle sfumature di marrone mi fanno venire l'acquolina in bocca solo a guardarle.

«Ragazze che bello vedervi spesso al mattino!» ci saluta Cherry invitandoci a sedere. Con un sorriso smagliante contornato da un rossetto lucidissimo color ciliegia si avvicina, i suoi occhi chiari, messi in risalto da folte ciglia nere, s'intonano alla perfezione al colore dei suoi capelli di questo periodo, è una ragazza stravagante che cambia spesso look. Indossa un jeans a vita alta e un golfino rosa confetto con delle ampie spalline, la bandana si abbina al colore delle sue labbra e dello smalto.

«Cherry cara, adoro questo golfino, che carino con le spalline arricciate e i bottoni di perle ad impreziosirlo, abbiamo proprio gusti simili io e te» le dico in un ampio sorriso mentre le accarezzo la lana soffice.

«Ma grazie Crystal, hai sempre delle parole gentili, sei dolcissima. Se vuoi posso cucirne uno simile per te!» i miei occhi sgranati non trattengono l'euforia.

«Ne sarei felicissima! Sai quanto adoro tutto quello

che creano le tue mani d'oro, grazie davvero.»

«Figurati è un piacere per me, non devi ringraziarmi per così poco! Anzi ho un'altra bellissima notizia, infatti speravo proprio che passassi oggi.»

«Per me?» scambio uno sguardo incuriosito con Destiny e lei sembra più sorpresa di me.

«Non mi dire che le hai trovato finalmente un fidanzato?» sorridiamo tutte e tre a questa assurdità.

«Sei una pazza!» le dico spintonandola un po'.

«Un fidanzato no, un lavoro sì! Ovviamente sempre se a te vanno bene le condizioni...quando ieri è passato mio fratello, sei la prima a cui ho pensato.»

«Ma questa è una super notizia Cherry! Come potrebbero non starmi bene le condizioni? Mi trovo disperatamente senza un lavoro e le giornate sembrano non passare mai, quindi dimmi tutto, sono curiosissima, di cosa si tratta?» gli occhi mi brillano per l'eccitazione e non sto nella pelle.

«Mi fa piacere sentirti così entusiasta cara, allora prima di spiegarti tutto voglio farvi assaggiare una cosa...» ed eccola precipitarsi dietro il bancone, io e Destiny ci guardiamo perplesse e mandiamo giù la saliva aspettando di soddisfare le nostre papille gustative.

«Di che lavoro si tratterà Des? Oddio sono così contenta, per una volta la ruota sta girando dalla mia parte.»

Vedo la mia amica portarsi le mani alla bocca mentre osserva Cherry che si avvicina con un vassoio.

«Crystal, non lo so. So solo che adesso voglio mangiare tutto quel cioccolato. Subito!» scoppio a ridere nel notare il suo sguardo elettrizzato.

«Cherry, tu ci vizi proprio, cosa hai creato stavolta? E come sono belli, è un peccato morderli.»

«Crystal, ma ti sei bevuta il cervello? Caso mai sarà un peccato lasciarli integri» risponde Des mentre si avvicina al vassoio per annusarli e osservarli meglio.

«Ragazze, questi sono dei cioccolatini, artigianali ovviamente, ogni forma ha un gusto diverso, scegliete voi ad istinto.»

«Quanta meraviglia! Io scelgo questo a forma di ciliegia» afferma Destiny mentre lo addenta e chiude gli occhi estasiata, dopo qualche istante persa nella masticazione, manda giù il boccone, «CAVOLO! Questa roba è spaziale. Cherry, sai se per caso sia pure afrodisiaca? Perché fa godere di brutto!» Destiny è sempre molto diretta e questa sua sfacciataggine ci fa ridere.

«Deduco ti sia piaciuto» le risponde la pasticcera fiera e orgogliosa.

«Troppo! Dopo aver addentato il guscio di cioccolato croccante, la mia bocca è stata invasa da una soffice crema ai frutti rossi e una ciliegia intera dolcissima in contrasto con l'amaro del fondente. Adesso ho un'altra dipendenza oltre alla torta triplo cioccolato.»

Ora tocca a me, ne scelgo uno a forma di arancia e ciò che sento quando addento il primo morso è un mix di sapori decisi e ben distinti, il guscio di cioccolato fondente è sottile e friabile e quando si rompe ne esce una confettura di arance che contiene delle scorzette più aspre e delle briciole dolci di amaretto.

«Io... sono senza parole» dico in un sussurro.

«Ragazze sono così fiera e orgogliosa di questo lavoro; le vostre parole e soprattutto le vostre espressioni piacevolmente sorprese, mi elettrizzano!»

«Cherry, hai delle mani d'oro, io l'ho sempre detto, ancora tanti complimenti per questo capolavoro!» le dico prendendo le sue mani tra le mie.

«Oh ragazze, vi ringrazio ma i complimenti stavolta non spettano a me, ma a Roy, mio fratello.»

«In famiglia a quanto pare avete tutti mani magiche.»

«Già, ha ragione Destiny, fai i nostri migliori complimenti a lui, allora. Questi cioccolatini sono eccellenti. Lavoro minuzioso e curatissimo, deve essere un tipo paziente tuo fratello per fare un mestiere del genere.»

«Già, sono così orgogliosa di lui, è un cioccolatiere attentissimo ai particolari. E proprio per questo, Crystal, ho voluto farti assaggiare prima queste specialità, sei pronta per imparare a lavorare il cioccolato?» a momenti mi strozzo con la mia stessa saliva, tossisco un paio di volte e cerco di riprendermi.

«Cherry, ma io… io ho semplicemente lavorato in un bar, non saprei dove mettere le mani in una cucina, si insomma in una cioccolateria, non so niente di questo mestiere» dico avvolta da un'ondata di panico.

«Cara, non agitarti. Stai tranquilla che mio fratello sa già tutto, ma a lui serve solo un assistente che lo aiuti come ogni anno in questo periodo.» Tiro un sospiro di sollievo e mi tranquillizzo, in fin dei conti mi affascina così tanto il mondo del cioccolato che potrei anche accettare, *"cosa ho da perdere? Niente, anzi posso solo imparare cose nuove."*

«Va bene Cherry, mi hai convinta! Ci proverò, ma dove si trova esattamente questa cioccolateria?»

«Ecco, è questo il punto, non si trova in città.»

«Non si trova a Londra? Va bene prenderò i mezzi e mi sposterò senza problemi.»

«Non si trova nemmeno tanto vicino a Londra in effetti, ma in un villaggio nelle campagne inglesi di *Cotswolds*.»

«Cosa? Ma è parecchio fuori città, sono circa due ore di macchina!»

«Lo so Crystal, ed è per questo che ho trovato già una soluzione» il suo sguardo dolce e affettuoso mi dà speranza, «vedi, mi fido, ti conosco, sei una ragazza posata e a posto, quindi d'accordo con mio fratello ti abbiamo trovato una sistemazione nel nostro cottage di famiglia al momento disabitato. Gli affittuari sono andati via proprio il mese scorso per tornare in città, sai com'è, per alcuni è difficile abitare in mezzo al nulla», mi accarezza una mano e il suo ampio sorriso mi dice che spera in una risposta positiva, ha fiducia in me, io ho bisogno di un lavoro e il fratello di un'assistente, *"incapace, ma pur sempre un'assistente"*, dico tra me e me.

«E va bene! Farò questa esperienza in trasferta!» Destiny ride di gusto, chissà cosa starà immaginando, sicuramente una me impacciata e sporca di cioccolato fino ai capelli, ma glielo farò vedere io di cosa sono capace.

«Mi fa tanto piacere cara! Vedrai che ti divertirai, in cucina tutte le esperienze sono coinvolgenti, io lo so per certo.»

«Cherry, d'altronde a casa non ho nessuno che mi aspetta, se non la mia Clo, ma lei verrà via con me, questo è poco ma sicuro!»

Destiny sorride a Cherry: «La sua gattina è di una dolcezza unica, e tranquilla non ti rovinerà casa con le unghie!» lo sguardo perplesso della pasticcera mi fa sorridere, come se non avesse messo in conto eventuali danni.

«Cherry, tranquilla, avremo cura del vostro cottage, ha ragione Des, non rovinerà nulla perché è abituata a stare in casa, ha il suo tiragraffi e la sua casetta per arrampicarsi» lo sguardo di Cherry si fa sempre più curioso, «porterai con te anche la casetta? Entrerà in macchina?»

«Ma certo che ci entrerà, così anche se cambieremo abitazione per un po', lei si sentirà più tranquilla.»

«Stiamo sul serio parlando dello spirito di adattamento del gatto?»

«Ovvio, Destiny! Io penso anche a lei. Sono sicura le piacerà, adora la tranquillità. A proposito Cherry...» nel frattempo pesco un altro cioccolatino dal vassoio e vedo entrambe imitarmi, addento il guscio caramellato croccante e dentro si scatena un bel sapore deciso di biscotto amalgamato a qualcosa di salato e stuzzicante, «mm, ti prego dimmi prima cos'è questa goduria stuzzicante, non riesco a decifrarla.» Socchiudo gli occhi e assaporo lentamente quella morbidezza spaziale, quando li riapro vedo Cherry e Destiny fare lo stesso.

«Quel sapore intenso, dolce-salato che senti all'interno del caramello è biscotto sbriciolato unito al burro d'arachidi. Incredibile, vero?» io come sempre resto di sasso, non avrei mai immaginato tali abbinamenti culinari, e questo è talmente gustoso da farmi quasi dimenticare la frase di senso compiuto che stavo per esprimere. Mi soffermo qualche secondo a pensare per rielaborare la domanda che avevo in serbo e procedo ancora frastornata da un tale sapore.

«Cerco di tornare in me per chiederti per quanto

tempo dovrò traferirmi? Tuo fratello ha già chiaro il periodo in cui dovrò lavorare lì?» prima di rispondermi la vedo tamponarsi le labbra con un fazzolettino, attenta a non togliersi il rossetto.

«Non so di preciso per quanto tempo, sicuramente per tutto il periodo delle festività, ha parecchie consegne da fare, ma tu non preoccuparti per questo, quando sarai lì, ti spiegherà tutto Roy! Ma prepara subito la valigia e tutto ciò che ti serve, dovrai partire domani, mio fratello ti aspetta in tarda mattinata.»

«Cavolo, allora vado subito a casa a preparare le mie cose» dico mentre sto già infilando il cappottino *elfo* e il basco di lana morbida dello stesso colore sotto lo sguardo inquisitorio di Des.

«Ti senti a tuo agio travestita da abete? Se appendessi qualche pallina qua e là saresti perfetta per abbellire quell'angolo» eccola puntuale mentre mi indica un punto del locale dove una dipendente sta addobbando un albero di Natale.

«Piantala! Tu piuttosto, vestita così anche di giorno, chi vorresti sedurre, i cioccolatini nel vassoio per caso?» continuiamo a ridere e sfotterci sotto lo sguardo divertito della nostra adorata pasticcera.

«Non i cioccolatini, però magari il cioccolatiere sì!» e la vedo fare l'occhiolino a Cherry, «se tuo fratello assomiglia a te, mia cara, sono sicura sia un bel tipo!»

Apro la bocca per lo stupore, evidentemente ancora non mi abituo alla sua impertinenza e audacia.

«Des, ma cosa stai dicendo! Non importunare anche il mio datore di lavoro, per favore.» Rilasso subito i muscoli in un sorriso ebete quando vedo Cherry ridere di gusto per le nostre schermaglie, per fortuna è una che ci ride su. *"Mannaggia a Destiny e le figuracce che mi fa fare..."*

Cherry si assenta in laboratorio e torna poco dopo porgendomi un mazzo di chiavi e un biglietto: «Crystal, queste sono le chiavi del cottage e qui c'è l'indirizzo, non dovresti avere problemi con il navigatore, per qualsiasi cosa chiama pure direttamente la cioccolateria e Roy ti darà le giuste indicazioni».

Osservo il biglietto da visita che ho in mano, sul retro noto un indirizzo scritto a penna.

«Perfetto! Allora grazie Cherry, per la fiducia e per questa opportunità di lavoro, ci si vede, passate delle buone feste» ci stringiamo in un abbraccio mentre le sussurro all'orecchio, «mi mancheranno i tuoi dolci.»

«Oh, vedrai che con le delizie che prepara Roy, non ti mancheranno poi così tanto i miei, ma sarò qui al tuo ritorno. Buone feste, buon lavoro e soprattutto buone vacanze a *Bourton on the water,* cara Crystal!» al nome di quel villaggio sento un tuffo al cuore, sono emozionata ed eccitata per questa nuova esperienza.

"Allora forse, anche per me la ruota comincia a girare nel verso giusto."

10 - CRYSTAL

A fine giornata mi ritrovo alla guida, la macchina carica e Clo nel suo trasportino rosa antico che si abbina al mio basco peloso a sua volta in perfetta sintonia con le ballerine. Metto il mio CD del cuore con la colonna sonora del mio film preferito. Sono pronta.

Sarei dovuta partire domani mattina perché il signor Roy mi aspetta per quell'ora, ma non riuscivo a combinare nulla a casa in preda all'agitazione, ho preparato tutto e ho deciso di anticipare la partenza, piuttosto che continuare a girare intorno al tavolo rosicchiandomi le unghie e mangiando cucchiaini di miele alla lavanda per calmarmi.

Non troverò nessuno ad aspettarmi, sono le nove di sera, è buio e quando arriverò sarà tardissimo, ma questo non è un problema, ho tutto ciò di cui ho bisogno, chiavi del cottage e indirizzo, scorta di miele di tutti i gusti, la mia gattina dolcissima che si è già addormentata, CD e DVD del mio film preferito *Grease*.

La sigla del film cantata da Frankie Valli parte, ed io con essa!

***

Dopo circa due ore di viaggio, mi sono addentrata nella regione collinare *Cotswolds*, arrivo al cartello che segna l'ingresso al villaggio *Bourton on the water,* mi tremano le gambe, non so cosa mi aspetta e questo mi mette non poca agitazione, ma il mio sguardo si fa sempre più attento e la mia bocca esprime stupore formando una *O* quando realizzo che qui ha nevicato.

C'è neve ovunque tranne sulle stradine che sono pulite per far circolare in tranquillità. Anche se a quanto pare in giro ci sono solo io; capisco siano le ventitré passate e la gente in inverno non si muove più di tanto, ma essere la sola macchina in giro si rivela un po' inquietante. Spero di trovare al più presto il cottage perché ora sono abbastanza stanca e non vedo l'ora di mettermi il pigiama caldo e dormire accoccolata a Clo. Nel frattempo che il navigatore mi indichi la via giusta, osservo il villaggio, arricchito da meravigliose case in pietra con tetti a punta, dalle finestre delle abitazioni si intravedono le illuminazioni colorate e per le strade le uniche fonti di luce sono proprio le luminarie natalizie, tutte rigorosamente bianche proprio come la candida neve.

Il navigatore rimbomba nell'abitacolo sovrastando John Travolta che canta, e mi invita a svoltare a sinistra.

«Siamo arrivate, Clo!» accosto piano piano e mi parcheggio al lato della strada proprio dietro un'altra macchina, non ci sono altri posti a quanto pare e mi ritrovo a fare mille manovre per infilarmici. «Andata! E poi dicono che le donne al volante non sono pratiche.» Continuo a parlare da sola e Clo, dal trasportino, mi osserva curiosa, poi sbadiglia, e di rimando sbadiglio anche io. C'è poca illuminazione ed è buio pesto, cerco di perlustrare un attimo la zona per capire come muovermi e quale numero civico appartiene al cottage momentaneamente mio.

«Eccolo, in fondo al fiume. Dovrebbe essere quello

giusto» mentre parlo tra me e me, le gambe stanno già camminando in quella direzione per guardare meglio se il numero corrisponde. Per arrivarci devo attraversare un piccolo tratto di ponticello sul fiume che scorre lento e che, con il suo gorgoglio piacevole, riempie il villaggio di questo unico suono.

"Ecco perché il villaggio ha preso questo nome."
Non posso neanche sorreggermi da nessuna parte perché la staccionata non esiste.

"Devo fare attenzione con questo sottile strato di neve che starà ghiacciando."
Anche se sembra di stare dentro ad una fiaba, questo passaggio pedonale è quanto di più scomodo e sconfortante potessi trovare ad accogliermi in questa fredda notte di dicembre. A passettini piccoli e lenti supero l'ostacolo ed eccomi di fronte al meraviglioso cottage dove campeggia il numero civico che cercavo circondato da ghirigori, proprio in mezzo a due porte in legno vissuto. Due porte identiche ma entrate diverse presuppongo. *"E quale sarà ora la porta giusta? Per capirlo devo provare le chiavi e, spero solo che nel frattempo nessuno mi uccida scambiandomi per uno scassinatore!"*

Cerco di trovare un po' di coraggio e d'istinto mi avvicino alla porta sulla destra, fortuna vuole che si apra al primo tentativo.

"Fiù, me la sono scampata."
Cerco a tentoni sulle pareti interne ma quando trovo l'interruttore della luce, tutto resta com'era, buio. *"Diamine! Ho cantato vittoria troppo presto, ma chi me l'ha fatto fare ad avventurarmi così di sera!"*

Prendo tempo maledicendomi sottovoce e penso a

Clo da sola in macchina insieme a tutta la mia roba, devo trovare al più presto un cavolo di contatore della corrente per sistemarci.

"Tra l'altro fa un freddo cane qui dentro!"

Con l'aiuto della torcia del telefono mi faccio luce all'esterno, giro intorno all'abitazione, ma non vedo nessuno sportello che possa farmi pensare ad un contatore, arrivo fino al retro dove scorgo una rimessa piccolissima, anch'essa in pietra, e provo a cercare lì. Apro la porticina in legno e per la paura grido e lancio in aria il telefono. La stessa paura credo l'abbia provata l'uomo che ho di fronte che fino ad un attimo fa era coperto dalla legna che aveva in braccio, la stessa che ora giace a terra, ciocco dopo ciocco.

«AAAHHH! Che dolore! Se non avessi il piede così dolorante, ti avrei già lanciato uno di questi ciocchi addosso, chi cazzo sei, un ladro?»

«Che spavento, devo riprendermi.» Cerco di respirare a fondo e di ritrovare la regolarità dei battiti.

«Ma chi diavolo sei e cosa ci fai nella mia legnaia? Di notte per giunta.» Dice in modo minaccioso.

Quell'uomo lo riconoscerei tra mille anche in penombra, tanto ormai sono abituata a riconoscerlo con gli altri sensi. E il cuore invece di calmarsi quasi mi scappa dal petto.

«Tu? Mi hai per caso seguita? Tu mi perseguiti, sei uno stalker?» mi difendo subito dal suo attacco e vago inginocchiata a terra in cerca del mio telefono uso torcia. *"Con la neve sull'erba mi starò combinando un pasticcio addosso, ma non mi interessa, in questo momento ho altre priorità, come ad esempio azzittire questo presuntuoso e infilarmi nel mio cottage! Per poi dormire e dimenticare questa serata."*

«Sei davvero tu? Non dirmi che sei la *principessina precisina*?» mi domanda ritornando al suo tono canzonatorio.

«Sì, sono proprio io! E si dà il caso che io sia nel mio cottage e non nella tua legnaia» gli rispondo per le rime.

«Fanciulla d'altri tempi, che bello vedere che sei passata a darmi del tu» mi fa presente questo dettaglio mentre si inginocchia, «in effetti stiamo entrando sempre più in confidenza con questi incontri al buio, non credi?» continua inappropriatamente.

«Ehm, no! Non credo. E sinceramente parlando non ci tengo nemmeno ad entrare in sintonia con uno… con te, ecco!»

«Non ho parlato di sintonia, ma mi fa piacere sapere che lo hai notato anche tu. Ma dimmi Miss, perché ti trovi nella mia proprietà?»

«Non chiamarmi più con questi nomignoli, ho un nome…»

«Un nome che purtroppo ancora non conosco, a quanto pare preferiamo sempre battibeccare piuttosto che presentarci, comunque se volevi il mio numero quella sera» mi provoca mentre si avvicina gattonando, «potevi anche chiedermelo, anziché presentarti di notte a casa mia e facendomi pestare il piede da un cazzo di ciocco.»

«Non ci penso nemmeno! Punto primo, non è te che cerco, ma il contatore del mio cottage. Punto secondo, sei presuntuoso se pensi che io mi ricordi ancora dei nostri balli indecenti al buio. Punto terzo…» ora è ad un soffio dal mio viso e con due dita, che profumano di legna misto a quel suo odore, mi sfiora le labbra ed io ammutolisco.

«Punto terzo, parli troppo principessina, ma devi ancora dirmi cosa ci fai qui e cosa stiamo cercando esattamente, inginocchiati per terra» alle sue parole soffiate sul mio viso avvampo e ringrazio ancora il cielo per essere al buio. Subito mi ricompongo rimettendomi in piedi, mi ripulisco con le mani e calco più forte in testa il basco di lana percorsa da un brivido improvviso.

«Sto cercando il mio telefono, l'ho lanciato per aria, e ripeto, non sono qui per te ma per stare nel mio cottage, posso garantirtelo fanatico che non sei altro!»

«Ok, cerchiamo di risolvere una cosa per volta. Dunque, il tuo cottage qual è?» nel frattempo prende qualcosa da terra e si rialza.

«Beh, questo» indico l'abitazione alle nostre spalle. Accende di nuovo la torcia e ci illumina i volti, finalmente.

"Ma quale finalmente?"

Il suo sorrisetto strafottente contornato da una folta barba scura e curata e il suo sguardo malizioso che insistentemente si posa prima sulle mie labbra e poi si aggancia ai miei occhi, mi destabilizzano ed io mi maledico ancora per queste gambe di gelatina che non mi danno l'aria della donna decisa e sicura che vorrei sembrare.

«Non vorrei replicare alla tua affermazione principessa, ma mi duole dirti che la *tua* è una cazzata, perché questa casa è *mia*!» il suo sguardo indagatore si fa più serio.

«Casa tua? Ma deve esserci un errore, io ho le chiavi e l'indirizzo indica proprio questo cottage» mi rabbuio in preda alla disperazione. «Argh! Sapevo che avrei fatto un casino, devo chiamare Cherry ma per rintracciarla ho solo il fisso della pasticceria», mi metto le mani sul viso e mi lascio andare ad un linguaggio sboccato che non mi appartiene, anche le ragazze composte a volte perdono la pazienza e la speranza, «cazzo!» Cerco di trovare una soluzione nonostante lo sconforto, anche se a quell'ora c'è ben poco da fare, cercherò un bed & breakfast.

«Cherry, pasticceria... Ma stai parlando per caso di mia sorella?» gli occhi scuri e profondi del ballerino sconosciuto vengono attraversati da una strana luce.

"Curiosità? Nervosismo? Panico?"

Quest'ultimo è sicuramente lo stato d'animo che si impossessa di me nell'esatto momento in cui i dubbi, che si stanno insinuando nella mia mente, vengono confermati da una vocina stridula e attempata che nel cuore della notte grida: «ROY, LA LEGNA! Santo cielo, vi dimenticate sempre tutti di questa vecchia decrepita!».

"OH-MIO-DIO", è quello che penso.

«Merda!» è quello che dico.

11 - ROY

Inutile dire che le urla di mia nonna abbiano fatto scoppiare quella bolla di mistero che ci ha avvolti finora.

«Non dirmi che... no, non ci credo!» cerco di mettere in ordine i pensieri, ma il suo profumo di miele, che mi ricorda i nostri balli al buio, si insinua nella testa come un tarlo. Così come vederla un'altra volta nella sua bellezza delicata ed eterea. Cerca di ricomporsi e di coprirsi il più possibile proprio come l'ultima volta che era in preda all'agitazione. Il nasino all'insù arrossato, le labbra a cuore leggermente arricciate in una smorfia di disappunto e quegli occhi blu che ora sembrano ancora più inquieti.

«Diamine, tu sei Crystal? La *mia* aiutante? Quella che sarebbe dovuta arrivare domani?» chiedo agitato quanto lei per questa inaspettata sorpresa.

«Sì, sono Crystal, anche se in questo momento vorrei essere qualcun'altra» le sento dire a bassa voce. «E comunque non sono di nessuno, tantomeno tua, anche se lavorerò per te. Mettiamo subito le cose in chiaro.»

Eccola con la sua rigidità, serietà e compostezza.
La principessa non da confidenza a nessuno.
O magari solo al sottoscritto.

«Che tu lo voglia o no, questa è la realtà che stanotte ci è piombata addosso, cara Miss Honey» le sussurro mentre mi avvicino per consegnarle il telefono.

«Sarai la *mia* assistente per un bel po'.»

Le sue dita sono fredde ed esitanti, ma i suoi occhi hanno un luccichio eccitante e le sue labbra si schiudono, sta per dire qualcosa ma sembra ripensarci perché a quanto pare i nostri occhi ancora non ne vogliono sapere di staccarsi.

Poi di nuovo un urlo che ci riporta alla realtà. *"Ottimo tempismo, nonna."*

Torna ad accarezzarsi i lunghi capelli che le ricadono fino alla vita, aggiusta di nuovo il cappello, sembra tremare.

«Crystal, dammi qualche minuto che porto questi ciocchi di legno da mia nonna che è rimasta senza, poi torno da te.»

«Non c'è bisogno davvero, non scomodarti, hai altro da fare. Dimmi solo come posso fare per attaccare la corrente e sono a posto, grazie.»

«Ho detto che torno da te per aiutarti. Fine della discussione. Intanto, mentre passo davanti al nostro cottage, per andare da mia nonna, azionerò il contatore» sta per replicare come al solito, ma non le do il tempo di rispondere perché sono già nella legnaia a recuperare i ciocchi da mettere nel secchio. La vedo un attimo dopo avviarsi sul ponticello, probabilmente per recuperare le sue cose.

So già che la sua presenza mi farà impazzire. In tutti i sensi.

Non si preannuncia per niente facile questo affiancamento.

L'ultima parola deve essere sempre la sua, fraintende e travisa le mie, ed è una precisina troppo composta, rigida e fredda. Spero almeno che non faccia impazzire anche il cioccolato e gli altri ingredienti.

***

Dopo aver riavviato il camino a mia nonna e deviato il suo terzo grado fatto di domande inopportune alla notizia dell'arrivo anticipato della mia aiutante, torno a casa per aiutarla a sistemarsi nel cottage che non avevo ancora preparato e scaldato.

Vedo davanti alla sua porta valigie e altre cianfrusaglie, le porto all'interno e la trovo in piedi, con le gambe fradicie, tremante come una foglia.

«Crystal, che diamine ti è successo?» domando posando i bagagli vicino al divano.

«Quel… quel ponticello è pericoloso con la neve. Non ci sono staccionate su cui reggersi e…» le scoppio a ridere in faccia e la vedo rabbuiarsi.

«Vuoi dire che sei scivolata nel fiume? Sei una combina guai» cerco di strofinarle le braccia per scaldarla un po', ma nel frattempo sono anche preoccupato perché le sue labbra di solito color pesca delicato, si stanno scurendo.

Mi avvio verso il bagno e afferro un grande asciugamano per farla asciugare, passo poi in camera dove recupero una coperta calda per farla scaldare.

«Tieni. Togliti quelle calze bagnate e asciugati le gambe con questo, poi avvolgile in questa coperta. Nel frattempo ti accendo il camino» dico mentre vado a prendere altra legna. La sento farfugliare qualcosa ma sono già fuori casa, non la sto più ascoltando. Anche se a passo veloce il piede è ancora dolorante e mi pulsa per la botta presa, cerco di fare velocemente per non farla gelare di più.

Poco dopo sono accovacciato davanti al camino acceso, sistemo meglio la legna e con la coda dell'occhio

la vedo tenersi stretta la coperta sulle gambe. Non so se sia più per il freddo o per la vulnerabilità di sentirsi quasi spoglia in mia presenza. Al pensiero delle sue gambe e dei suoi piedi nudi, mi attraversa un lampo di eccitazione.
È bella.
Bella ed eterea.
Inafferrabile.
Se solo fosse al corrente dei pensieri che mi frullano per la testa mi manderebbe al diavolo. Per fortuna è proprio la sua voce a distogliermi dalle mie fantasie.

«Roy» il modo in cui sussurra il mio nome, con voce roca e calda, mi manda in pappa il cervello, *"iniziamo bene"*. «Puoi andare, non voglio trattenerti ancora, ora piano piano sistemerò le mie cose e farò ambientare Clo, ti ringrazio per tutto. Davvero, sei stato… gentile» sembra costarle un grandissimo sforzo dire quelle parole. La guardo alzarsi per aprire il trasportino e far uscire un bellissimo gatto bianco, quando vedo spuntare dalla coperta un suo piedino. Ho una strana fissa, impazzisco per i piedi belli e curati, e le sue piccole dita con lo smalto rosso mi fanno salire di nuovo la smania. *"Possibile che questa ragazza mi mandi fuori di testa senza fare nulla di provocante?"* La sua semplicità e timidezza mi fanno intestardire ancor di più su di lei.

«E così è lei la tua Clo» sorrido guardandola mentre prende in braccio la gatta per coccolarla.

«Già! Un pezzo del mio cuore» risponde affondando il viso in quella nuvola di pelo.

Nel frattempo, mi avvio verso la porta di fianco a quella della camera da letto e la saluto: «Beh, ti lascio. Buonanotte allora Miss Honey, a domani».

Sto aprendo la porta quando una mano si posa sul braccio bloccandomi all'istante: «Non crederai mica che vivremo sotto lo stesso tetto, vero? In che stanza ti stai ficcando?» i suoi occhi, velati dal panico, mi fanno sorridere.

«Ma per chi mi hai preso principessa? Ricordati che di solito sono le donne a pregarmi di restare e non io ad imporre la mia presenza» le faccio l'occhiolino malizioso facendola arrossire all'istante.

«Certo, come no. Non lo metto in dubbio.» Tono canzonatorio, sopracciglio alzato e le braccia conserte dopo aver annodato la coperta in vita.

«Mi stai sfottendo? Sai che le principessine non fanno queste cose?»

«Le principessine non dicono nemmeno le parolacce, ma purtroppo in tua presenza succede anche questo» continua con un sorrisetto beffardo.

«Sto ribaltando la tua personalità e mettendo in dubbio le tue certezze Honey?»

«Riesci a ricordare ogni tanto il mio nome adesso che ne sei a conoscenza?»

«Mi piace trovarti dei nomignoli che non sopporti.»

«Ti piace provocarmi, allora.»

«Ci provo, Crystal.» Ora il mio tono da ironico si fa più audace e non riesco a distogliere lo sguardo dai suoi occhi blu come la notte. Arrossisce. Le accarezzo una guancia, quel contatto inaspettato anche per me, mi incendia la pelle.

«Roy, cosa stai facendo?»

«Non lo so. Scusami. Buonanotte.» In un attimo mi faccio risucchiare dalla porta che avrei dovuto imboccare già da un po'. Meglio vada a dormire prima di fare qualche cazzata di cui mi pentirei.

«Puoi chiuderti a chiave, questa è solo la porta comunicante tra il mio e il tuo cottage» dico in modo che possa sentirmi da dietro la porta che ho già chiuso.

12 - CRYSTAL

"Dannazione. Ma cosa gli prende? Non bastava l'elettricità che si scatenava ogni volta durante i nostri balli al buio? Ora addirittura mi accarezza il viso già in fiamme?"

Devo cercare di mantenere le distanze, anche se non sarà facile lavorando insieme, ma con lui non deve succedere più niente. Anzi, direi che è successo anche abbastanza per i miei gusti, prima stavo per baciarlo io come una pazza che ha perso la ragione, e adesso lui continua con quei suoi sguardi e quella... carezza. *"E le sue battute idiote!"* Ecco appunto. *"Crystal non dimenticare questo particolare molto importante"*, mi ripeto mentalmente più e più volte, *"non è assolutamente il mio tipo uno malizioso, provocatore e scaltro come lui.*

A me piacciono gli uomini più gentili, calmi, romantici e sì, insomma, cerco un uomo d'altri tempi come me, che faccia di tutto per conquistarmi, quelli con cui vedere i bei film di una volta, tipo Grease.

E non quelli come Roy.

Già! Il suo modo spavaldo e sicuro del suo fascino mi fa proprio pensare a Danny e tutti i suoi amici, ma lui nel film nascondeva la sua vera personalità solo per non farsi deridere dagli altri. Il ballerino convinto invece, è proprio così a quanto pare.

Oh! Quanto mi rivedo in Sandy. A proposito di lei, devo chiedere a Cherry, quando la rivedrò, di cucirmi qualche altro abito retrò."

Tolgo la copertina che avevo avvolto attorno alla vita e resto a gambe e piedi nudi, mi aggiusto l'abito che si è sgualcito sotto la coperta che tenevo stretta con forza come per paura che lui mi potesse vedere anche solo un centimetro di pelle. Mi rendo conto solo ora che ho ancora addosso *puffo*. Tolgo il cappottino e lo appoggio su una poltrona. Fa la stessa fine anche il basco rosa. Ora che mi sono liberata di tutti questi strati di tessuto cerco di radunare i pensieri riguardo gli eventi delle ultime ore, per capire *chi sono* e *dove mi trovo*.

Impiego circa un'ora per sistemare tutto. Clo sonnecchia sul cuscino del piccolo e grazioso divanetto in un tessuto un po' sbiadito color ottanio, la legna crepita nel camino e l'unica lampada che ho lasciato accesa crea un'atmosfera davvero rilassante. Solo dopo aver ordinato tutto mi accorgo di quanto questo cottage sia accogliente. La tenda alla finestra è sui toni pastello, decorata a piccoli fiorellini cipria. Sul soffitto le travi di legno, mattoncini di pietra per la parete del caminetto, di fianco una grande cesta di vimini che contiene la legna. I mobili antichi, nei toni crema e grigi, profumano di passato. E solo ora pensando alla giornata di domani, mi accorgo di non sapere nulla, nemmeno a che ora dovrò alzarmi. *"Non ho chiesto nessuna informazione a Roy, cavolo! E questo sempre per colpa della sua lingua smaliziata che mi distrae."*

Mi avvicino alla porta comunicante per capire se già dorme. *"Crystal, ma cosa vuoi che faccia una persona nel bel mezzo della notte? Certo che dorme e tu non lo sveglierai. Però magari quello scricchiolio che sento è il parquet del pavimento sotto i suoi passi. Al diavolo! Proverò a chiamarlo, al massimo non risponderà, non voglio rischiare di sbagliare qualcosa proprio il primo giorno di lavoro. Sono troppo precisina per sopportarlo."*

Busso delicatamente una sola volta, dopodiché avvicino l'orecchio al legno della porta per capire se sento dei passi. Nulla.

«Che c'è? Già ti manco?» la sua voce mi fa sussultare insieme alla porta che si spalanca facendomi quasi cadere ai suoi piedi. Ovviamente in senso letterale, non metaforico.

«Mi dispiace deludere il tuo ego, volevo solo delle informazioni.»

«E tu le informazioni di solito le chiedi alle due di notte?» ecco di nuovo quegli occhi, profondi e scuri come due pozze di petrolio che mi scrutano. E il suo sorriso beffardo. Per la prima volta lo vedo senza i suoi soliti cappelli.

È pelato.

Intendo che i capelli sono rasati e non che non li abbia proprio.

Mi viene da sorridere per questa osservazione, se sapesse che l'ho definito pelato sono sicura mi maledirebbe. Offenderei il suo ego smisurato e la sua virilità. Non sia mai per uno come lui.

«Ho qualcosa di buffo in faccia, Miss?» assottiglia lo sguardo e quasi mi sembra di perdere l'equilibrio e cadere in quelle due pozze scure.

«Beh, in un certo senso sì» lo provoco. Stavolta sono io a volermi prendere gioco di lui.

«Cosa? Sentiamo.»

«I capelli. Non ne hai» e dopo averlo detto porto una mano alla bocca per trattenere a stento una risata.

«Lì ho, *principessa sul pisello*. Li taglio per comodità. In compenso ho la barba!» si accarezza il mento con la barba scura, «non ti piace?», prende la mano che ho ancora sulla bocca, la porta davanti alla sua e mi fa affondare le dita tra quella folta peluria.

Non rido più.

«Stiamo tergiversando, come al solito d'altronde» ritiro la mano di scatto come se mi fossi scottata e, seguendo il suo sguardo, tutto ad un tratto ricordo di indossare l'abito ancora senza calze. I suoi occhi si fermano sui miei piedi scalzi. In un attimo avvampo, spero non se ne accorga, non ho voglia di essere ancora il suo zimbello, a quest'ora poi. Cerco di essere sicura di me anche se con il suo sguardo curioso addosso mi sento... nuda.

"Cosa dovevo chiedergli quando ho bussato alla porta? Ah, ecco!"

«Roy, volevo solo chiederti delucidazioni per domani.»

«Sei sicura che non avevi anche fame? Non c'è niente nei pensili della cucina perché avrei fatto la spesa domani, per il tuo arrivo» mi domanda mentre si avvicina al tavolino di legno e vetro su cui giace il mio barattolo di miele che prende in mano per leggerne l'etichetta.

«No, non ti preoccupare, ho già creato anche abbastanza scompiglio stasera con la mia partenza anticipata. Mi basta quello per uno spuntino.»

«Sì, confermo sullo scompiglio. Mangi perché non riesci a dormire?» lo vedo sbottonarsi i primi bottoni della camicia di jeans e intravedo la peluria oltre la t-shirt bianca con scollo profondo che porta al di sotto.

Le collane di acciaio che ricadono sul suo petto e quegli anelli così particolari campeggiano ancora sulle sue dita, così come quel ridicolo orecchino a cerchietto medio che indossa. Gli danno un'aria da strafottente, donnaiolo e furbo. O magari lo è.

Rispondo alla sua domanda con un certo ritardo, persa nelle mie osservazioni. «Stavo facendo solo uno spuntino, non ho ancora sonno, sarà perché devo abituarmi. Ma in compenso ho già sistemato tutta la mia roba.»

«Vedo» afferma mentre si avvicina leggermente a me per lasciare i suoi anelli sulla penisola della cucina dove sono appoggiata. Li sfila uno ad uno mentre mi guarda attentamente il viso.

"Spero di non avere qualcosa fuori posto. Anzi, se pure fosse non dovrebbe interessarmi."

Mi viene in mente Destiny, mi direbbe che me la canto e me la suono sempre da sola.

Domani devo assolutamente sentirla e raccontarle *tutto. "Ma con quale telefono? Visto che è caduto insieme a me in quel fiumiciattolo?"*

«Ti piace la cioccolata?» il suo tono adesso è decisamente basso, sento lo stomaco in subbuglio. *"Sarà la fame!"*

«Oh, sì!» dico in modo quasi supplichevole maledicendomi per non aver portato altro da mangiare.

«Torno subito» scompare oltre la porta comunicante ricordandomi di chiuderla a chiave una volta per tutte e di dimenticare il fatto che è, appunto, comunicante.

Quella porta è pericolosa.

Do un bacino a Clo che si stiracchia e torna a raggomitolarsi, questa volta sulla poltrona rosa antico, mentre io mi accomodo sul tappeto grande e morbido davanti al camino.

Poco dopo Roy torna con un piccolo vassoio. La scia che lascia mi stordisce. Il suo profumo, sempre lo stesso, che ora ho scoperto sapere anche di cioccolato, mi manda fuori di testa un'altra volta.

«Cos'hai portato?» chiedo svagando.

«Una cioccolata calda per te, fatta con le mie mani» a questa ultima parola i miei occhi si fermano sulle sue mani, belle, curate e da uomo. Lo immagino a trafficare in cucina tra fornelli, pentolini e ingredienti. Provo a scacciare con una mano quel pensiero che si insinua prepotentemente. Lo vedo aggiungere un pizzico di qualcosa.

«Cosa stai facendo?» gli chiedo.

«Dimenticavo che da domani sarai la mia aiutante in laboratorio. Ho messo un pizzico di sale per contrastare e bilanciare il sapore deciso di un paio di ingredienti.»

Lo ascolto attenta e le sue labbra si tendono in un sorriso sincero, stavolta.

«Mi piace Crystal.»

«Cosa?»

«La tua curiosità.»

Mi porge la tazza con il cucchiaino e si accomoda di fianco a me. Lui, tra le mani non ha una tazza fumante, ma un bicchierino con del liquore.

«E tu cosa bevi?» sorseggia un po' del liquido ambrato e subito dopo addenta un pezzettino di cioccolato scuro.

«Rum e cioccolato fondente, Miss» mi soffia l'ultima parola sul viso e quell'odore mi fa tornare di colpo alla mente il nostro ultimo ballo, soprattutto la scenata finale. Sorrido a quel ricordo.

«Anche stavolta ho qualcosa di buffo?» mi giro a guardarlo e quel sorriso, illuminato dalle fiamme del camino, scioglie un po' tutta la tensione accumulata.

«No, stavolta nulla di buffo. A parte tutti quei pendenti d'acciaio che ti ostini ad indossare ovunque», ride insieme a me, «ma sorridevo nel ripensare che solo pochi giorni fa stavamo ballando la bachata, seguita da una scenata.»

«Come si fa a non assistere ad una scenata con i tuoi modi starnazzanti da principessina?» ora lui ride di gusto ed io lo fulmino con un cipiglio di disappunto.

«Come si fa a non rispondere per le rime ad uno spavaldo come te, vorresti dire.» Mi fissa le labbra che sicuramente saranno imbronciate.

«Ci risiamo!» mi prende in giro alzandosi per raggruppare nel camino tutti i resti dei tizzoni ardenti. «Prima di litigare un'altra volta, o prima che io ti prenda a ballare o prima che faccia qualche cazzata, meglio andare a dormire», raggiunge la famosa porta che già mi crea un certo disagio e mi fa l'occhiolino, «buonanotte Crystal.»

«Dannazione!» impreco ancora appena sento chiudere la porta. Mi porto una mano sulla fronte e rido da sola come un'idiota. *"Queste parolacce non le sto dicendo eh, le sto solo pensando."* Mi ha fatto perdere di nuovo il filo del discorso e dimenticare la motivazione che mi ha portato a bussare a quella maledetta porta.

"Pazienza", penso mentre sbuffo.

Mi avvio nella graziosa camera da letto dove prima ho sistemato le lenzuola di flanella trovate nell'armadio.

Pigiamone caldo addosso, Clo che arriva con passo felpato per raggomitolarsi nell'incavo del mio braccio e cerco di addormentarmi, la stanchezza comincia a farsi sentire.

Un tarlo fisso in testa mi prende di soprassalto nel dormiveglia, *"cavolo, devo mettere la sveglia!"*, e mentre allungo la mano sul comodino in legno intagliato, ricordo di non poterlo fare perché non ho più neanche il telefono.

"Argh! Possibile che non ne va bene una da quando ho conosciuto questo tizio? Speriamo che anche senza sveglia riesca ad alzarmi presto ed essere puntuale."

13 - CRYSTAL

Un trattorino piacevole mi sveglia.

«Clo, buongiorno piccola mia, tu sì che sei la mia sveglia personale! Sei la mia salvezza, sempre!» accarezzo quel suo pelo morbido come una nuvola e il musetto umido fa le fusa strusciandosi sul mio naso, ci salutiamo fronte contro fronte scambiandoci tanti bacini.

Mi alzo e raggiungo la piccola cucina color celeste polvere.

«Diciamo che sei la mia sveglia personale solo quando non trovi le crocchette nella ciotola, furbetta» le metto i croccantini e mentre mangia mi avvicino alla finestra, scosto la tenda a fiorellini rosa e noto con piacere che è ancora buio. Posso prepararmi con calma.

Mi guardo intorno apprezzando tantissimo lo stile romantico e prettamente inglese del cottage, sembra rispecchiarmi tantissimo, al contrario del mio appartamento di Londra moderno e dai toni neutri.

Raggiante, come non lo sono da giorni, raggiungo di nuovo la camera per decidere cosa indossare. Per il primo giorno di lavoro vorrei essere elegante e formale, ma anche comoda così da lavorare bene senza sporcarmi con il cioccolato. A questa parola i miei pensieri si arrestano per un attimo e Roy, con il suo sorriso sghembo e ammiccante, fa capolino. Muovo una mano davanti al volto, come se stessi eliminando una nuvoletta immaginaria a forma d'uomo. Ricordandomi delle situazioni imbarazzanti della sera prima, decido anche di coprirmi il più possibile. E poi fa freddo, il clima è rigido.

"Ma tanto mica dovrò lavorare all'aperto!" dico a me stessa mentre prendo un bel maglioncino pesante, con una treccia fatta a ferri cucita sul davanti e di un bel giallo canarino in pendant con il cappello. Se Destiny mi vedesse vestita in questo modo, in contrasto con l'aspetto appariscente e affascinante di lui, mi maledirebbe. Sorrido a quel pensiero confermando a me stessa di aver scelto l'abbigliamento più idoneo a far desistere il cioccolatiere da eventuali provocazioni. Chissà, magari il suo tipo ideale potrebbe essere proprio Des, con quel suo temperamento accattivante e schietto. *"Potrei farli conoscere."* Questo pensiero mi provoca un fastidio allo stomaco, sicuramente non è gelosia, ma fame.

Mi preparo con calma nel bagno color biscotto, quello che vedo allo specchio mi piace. Sono carina e discreta. Spazzolo la mia lunga chioma ondulata, una spruzzata di profumo e un velo di burro di cacao per proteggere le labbra dal freddo, sono pronta.

Mentre mi avvio verso la porta comunicante, guardo l'orologio appeso nell'ambiente che accoglie cucina e salottino, segna le sette. Busso. Busso ancora. Poi una terza volta con più decisione. *"Possibile che Roy stia ancora dormendo? Quasi mi dispiace avergli fatto fare le ore piccole ieri."* Nel frattempo, sento bussare alla porta principale. Corro sorridente, ma una volta aperta realizzo che non è Roy, ma una signora anziana. L'imbarazzo si impossessa di me.

«Capisco la delusione mia cara, d'altronde non sono un bel pezzo di ragazzo come mio nipote...»

«Buongiorno signora. Oh, no no! Solo non mi aspettavo di vedere lei» mi scruta e alza un sopracciglio proprio come Roy.

«No, nel senso che mio nipote non è un bel ragazzo?» la sua espressione vira tra l'offeso e l'infastidito.

«Oh, certo che lo è, non vorrei mai che Roy mi sentisse offendere il suo ego, ci mancherebbe. Ma non è il mio tipo e poi è il mio capo.»

Le sue labbra aggrinzite sembrano tendersi in un sorriso appena accennato e mi rilasso.

«Ti aspetto nel mio cottage per la colazione prima di raggiungerlo» fa per andarsene.

«Prima di raggiungerlo?» alla mia domanda si gira e si sistema lo scialle di lana sulle spalle chiudendolo sul davanti.

«Alla cioccolateria, dove sennò?»

«Oh! Lui è già lì? Allora vado subito a lavorare signora, non vorrei fare tardi il primo giorno di lavoro. Grazie comunque per la gentilezza.»

«Non ci pensare nemmeno. Devi fare assolutamente colazione visto che nel tuo cottage non c'è spesa. E poi non badare ai suoi orari, Roy è così.»

«Così come?»

Assottiglia lo sguardo per guardarmi meglio.

«Così, senza orari. È da stanotte che è lì a creare chissà quale diavoleria stavolta!» si gira e se ne va mentre borbotta che il nipote aveva ragione sul fatto che faccio troppe domande.

"Eccellente! A quanto pare avrò a che fare con due Roy!"

Poco dopo sono fuori dal mio cottage per raggiungere la signora. Passo davanti alla porta di Roy e me lo immagino lavorare nel corso della notte, anziché dormire. Che tipo strano. Mentre cammino, mi guardo intorno.

Mi sembra di stare dentro una fiaba. Questo posto è incantevole, c'è tranquillità e pace, l'unico suono è il gorgoglio del ruscello e il villaggio che, piano piano, sembra svegliarsi. Un velo di bianco a sporcare il verde delle campagne circostanti e dei vari giardini privati. I tetti spioventi appena imbiancati mi affascinano, abbasso lo sguardo per aprire il piccolo cancelletto di legno della signora e busso alla porta.

«Eccoti cara, entra pure che fuori fa freddo!» mi accomodo. Ad accogliermi il camino già acceso, sopra la stufa un pentolone che sbuffa e un profumo di casa mi abbraccia.

«Ti brillano gli occhi, non ti sei per caso già influenzata? Con quelle scarpe avrai sicuramente freddo.»

«Oh no, sto bene, non si preoccupi. Le scarpe hanno dell'imbottitura di pelo all'interno per essere più calde.»

«Dovresti indossare comunque degli stivali, se mai dovesse venirti l'influenza metteresti mio nipote nei guai» nel mentre la vedo versare del tè fumante in due tazze meravigliose vintage e decorate con fiorellini e bordi dorati. «Roy ha bisogno di te come il pane.» A quella frase il mio cuore ha un sussulto, so che si riferisce al lavoro, ma le reazioni non si comandano e questo cuore è troppo emotivo.

«Certo, signora. Immagino che ci sia tanto lavoro da fare, me lo spiegava anche sua nipote Cherry.»

«Oh, la mia piccola Cherry. È da tanto che non la vedo» il suo tono malinconico mi intenerisce. «Per fortuna che almeno Roy è qui vicino. Ormai i ragazzi d'oggi vengono così assorbiti dal lavoro, da dimenticarsi persino di avere dei familiari. Che tristezza per gli anziani come me» mi avvicina un piatto stracolmo di cibo per una perfetta *great british breakfast*: uova, bacon, pudding integrale, del pane fritto in padella e un toast con marmellata.

«Oh, ha cucinato tantissime cose e che profumino!» il mio stomaco fa un salto di gioia quando assaggio l'uovo e il pane, fritti entrambi in padella. La vedo compiaciuta del mio appetito. «È vero signora, oggigiorno il lavoro assorbe troppo le nostre energie e il nostro tempo» dico invitandola a continuare.

«Roy è sempre chiuso in quella che era la mia cioccolateria. Tutti e due i miei nipoti hanno sempre avuto questa dote culinaria, soprattutto per i dolci. Ricordo che quando erano solo dei bambini, non facevano altro che venire da me all'*Only choc* per sperimentare con stampini e ingredienti. Per loro era una magia. E lo era anche per me...» la sua voce si fa più flebile mentre è assorta nei ricordi di famiglia. Mi trasmette una dolcezza infinita.

"Deve amarli tantissimo."

Sorseggio il tè profumatissimo e zuccherato mentre chiacchieriamo di Cherry e dei suoi dolci, poi assaggio quel fragrante toast alla marmellata preparato con tanta cura.

In questo posto, senza telefono e senza orologio, perdo la cognizione del tempo. Ne cerco uno con lo sguardo e lo trovo ad una parete, segna le sette e trenta, decido allora di avviarmi a piedi alla cioccolateria che dovrebbe essere poco distante.

«Signora, ora devo proprio andare, non vorrei fare tardi e beccarmi il primo rimprovero!» dico sorridendo.

«Certo cara, vai e chiamami pure Winter, mi fa sentire meno vecchia» sorridiamo insieme. «Sono certa che, se Roy dovesse sgridarti, lo farebbe solo per sembrare più duro di quello che è realmente.»

Rifletto sulle sue parole, il nipote non mi sembra proprio uno che si fa problemi a dire quello che pensa. Mi accompagna alla porta ridendo, la ringrazio per la ricca colazione e per la piacevole chiacchierata, lei mi ringrazia per la compagnia.

Ci salutiamo, e rimetto il cappello, mi stringo bene addosso *puffo* e cerco di fare attenzione a non scivolare sul ghiaccio. Appena supero il piccolo ponticello immettendomi sulla stradina principale, le note della mia canzone natalizia preferita *Rockin' Around The Christmas Tree* mi ricordano che siamo nel periodo più magico dell'anno. Sorrido e guardo in alto cercando di capire da dove proviene, noto degli altoparlanti che trasmettono canzoni natalizie in filodiffusione per tutto il villaggio. Mi sembra di essere davvero in una fiaba. Mi sento per un attimo leggera e spensierata come una bambina. *"D'altronde, non è questa la sensazione che dovrebbe donare il Natale?"*

Passeggio, guardo a destra e sinistra i cottage a schiera, finché non trovo l'insegna: *"Solo cioccolato"* leggo a bassa voce la scritta.

Nell'esatto momento in cui apro la porta, una calda nuvola che profuma di Roy mi investe.

La sua colonia mascolina che si fonde con l'odore del cioccolato fuso mi manda in estasi. Ripenso alla prima volta che abbiamo ballato insieme, a quel profumo indecifrabile che mi aveva lasciato sulle mani. Il cuore mi martella nel petto proprio come quella volta. La stessa destabilizzante sensazione, lo stesso trasporto che provavo ballando sfiorata dalle sue mani e guidata dai suoi passi, la stessa voglia di baciarlo dell'ultima volta. Ad interrompere il flusso di questi ricordi, è lo stesso Roy che sbuca dal retro con un grembiule marrone in vita e con uno strofinaccio tra le mani si avvicina a me.

«Sei parecchio in anticipo, *bambolina*» mi guarda così intensamente negli occhi che ho quasi paura riesca a leggermi nel pensiero scoprendo ciò che stavo ricordando.

«Non riesci proprio a chiamarmi con il mio nome, vero?»

Sorride malizioso e mi prende per mano: «Vieni con me!»

Lasciamo il bancone di esposizione, ricco di cioccolatini di ogni forma e gusto, sistemato davvero con cura, per andare nel laboratorio in cui crea queste meraviglie.

Il profumo è intenso, il bancone da lavoro in acciaio è pieno di pentolini di ogni misura, sui fornelli qualcosa sta cuocendo e sulle pareti ci sono disposti in modo ordinato tutti gli ingredienti e le varie spezie. Mi lascia la mano sfiorandomela. Ed io mi fermo a guardare le nostre mani allontanarsi.

«Crystal» richiama la mia attenzione.

"Quindi usa il mio nome quando è serio, devo ricordarmelo!"

«Apri la bocca» mi dice mentre ribalta i cioccolatini, ormai solidi, dagli stampini sul piano di lavoro.

«Cosa devi fare?» rispondo con le guance in fiamme

per l'imbarazzo.

«Apri» mi ordina quando le sue mani, che tengono un piccolo cioccolatino rosa confetto, sono davanti alla mia bocca. Incerta, la apro e accolgo quella che già so essere una delizia e, mentre la richiudo, le sue dita sfiorano le mie labbra che bruciano a quel tocco.

«Mm, cos'è? Lampone?» dico parlando con la bocca piena per l'entusiasmo.

«Sì. Nota acidula del lampone e quella più dolce della mora, ti piace?»

«Tantissimo!»

«E il colore?»

Ne prendo in mano uno per guardarlo meglio e quel colore pastello così delicato mi fa sorridere. «È... delicatissimo.»

«Lo prendo come un sì allora. Mi ha ispirato il tuo...»

«Il mio cosa?» chiedo incuriosita da quella confidenza.

«Il tuo abito di ieri», dice guardandomi serio negli occhi prima di continuare, «quella gonna rosa sembrava la corolla delicata di un fiore, ecco perché le ho dato la forma di una rosa inglese, e...»

«E?» lo incito a continuare, anche se i suoi occhi sembrano spogliarmi di ogni inibizione. O semplicemente spogliarmi. Da vestiti e imbarazzo.

«E ho cercato di immaginare quale sapore potrebbe avere un colore del genere. Allora ho pensato alla tua bellezza delicata e dolce, una mora matura. Ma poi volevo far spiccare anche il tuo lato più aspro ed ho pensato ad un lampone. Beh! A quanto pare una combo perfetta, principessa» ecco di nuovo quel ghigno furbo.

«Ora voglio anche sapere qual è il mio lato più aspro allora, signor Roy!» gli dico appoggiandomi con una mano sul bancone e portando l'altra sul fianco.

«Beh, mi sembra ovvio! Il tuo essere prima donna, le tante domande che fai, il fatto di volere avere sempre l'ultima parola e il sentirti una principessa intoccabile, inafferrabile» all'ultima affermazione aggancia di nuovo quei suoi occhi neri ai miei.

«Non è vero, non sono così.»

«Non lo sei? E come saresti allora?» mi chiede incuriosito.

«Sono semplicemente una sognatrice, romantica, che aspetta il vero amore ed è sicura di riconoscerlo. Per questo mi tengo a distanza da flirt che potrebbero essere solo di passaggio... ecco.»

«Sei sicura di riconoscerlo? Non pensi potrebbe presentarsi anche sotto altre vesti e non solo sotto quelle di un bravo ragazzo?»

«E come? Presentarsi magari con i tuoi vestiti eccentrici e quel dannato sorriso malizioso? No, non potrebbe mai presentarsi così l'uomo giusto, non sarebbe compatibile con me» sorrido acidamente per sfottere più me stessa che lui. Mi guarda serio come se mi stesse studiando.

«Quindi tieni a distanza qualsiasi uomo» accorcia le distanze avvicinandosi a me, ma io non arretro, anzi, mi avvicino sicura.

«Esatto» ora siamo uno di fronte all'altra.

«Posso toglierti il cappotto? Qui dentro fa caldo.» Arrossisco.

«Vero, si muore» sussurro con una voce che alle mie orecchie giunge stridula. Mi sfila il cappotto e lo appende alla parete di fianco al suo a quadri scozzesi, poi mi sfila il cappello e lo annusa, inspira ad occhi chiusi e lo appoggia sul mobile, accanto al suo.

«Profumi di miele. Ovunque.» Le parole che sussurra con quella voce roca mi incendiano, letteralmente. A questo punto indietreggio imbarazzata, ma lui mi trattiene. Quel tocco mi dà la conferma che sono una sciocca. Perché reprimere una chimica così forte? Mi sembra di sentire la voce di Destiny che mi dice: *"Cosa devi aspettare a venticinque anni? Il vero amore quando arriva, arriva. Ma questa è chimica e la chimica va oltre un semplice flirt."*

Si avvicina ancora. Il suo viso a un millimetro da me, sento il suo respiro di cioccolato soffiarmi la pelle solleticandola. Mi percorre un brivido. Il suo naso sfiora il mio. La sua mano che sorregge la mia schiena si fa più decisa nella presa. Il cuore sembra uscirmi dal petto e i battiti mi rimbombano nelle orecchie.

«C... cosa stai facendo, Roy?» balbetto mentre quella presunta sicurezza, se la dà a gambe levate.

«A te cosa sembra?»

«Non lo so, magari vorresti ballare» cerco di distrarlo con scarsi risultati.

«Magari lo faremo dopo.»

«Dopo cosa?»

«Lo sai che fai troppe domande e nei momenti meno opportuni, vero?»

«Non è così. Non sono d'accordo», una pentola che è sui fornelli inizia a fischiare, «e poi hai delle cose sul fuoco che potrebbero bruciarsi», cerco di rimandare il più possibile quel momento che bramiamo da tempo, solo per paura. *"Da quanti mesi non mi lascio baciare da un uomo?!"*

«Me ne frego! Ora voglio solo fare quello che tu non hai portato a termine quella sera, Crystal. Baciarti.»

Mentre le sue labbra stanno per sfiorare le mie così desiderose di quel contatto: «Roy!» la stessa voce stridula e attempata di ieri sera fa irruzione nella cioccolateria. «Roy! Perché non rispondi?» continua.

Faccio un salto e in uno slancio lo scosto da me. Mi sento come se mi avessero sorpresa a fare qualcosa di illecito. *"Possibile che quella vecchietta sbuchi sempre dal nulla?"*

«Roy, cazzo! Tua nonna stava quasi per beccarci!» dico sconvolta e a bassa voce anche se in modo scurrile come ormai succede spesso in sua presenza.

«Oh, eccovi qua! Cosa sono quelle facce?» chiede entrando nel laboratorio ed esaminandoci bene.

«Niente nonna, stavo facendo assaggiare a Crystal... una cosa» dice guardandomi con quel suo solito modo malizioso ed esasperante. Cerco di trasmettergli tutto il mio disappunto con uno sguardo truce, poi appena Winter si gira a guardare me, sorrido angelica.

«Sì, signora Winter, suo nipote mi stava facendo assaggiare la sua nuova creazione, un cioccolatino ottimo, davvero!» affermo cercando di riprendere il mio colorito naturale che è decisamente più chiaro.

«Se lo dite voi.» Si avvicina ai fornelli: «Non vi siete accorti che qui qualcosa sta bruciando?» spegne la fiamma, «a quanto pare, insieme vi distraete facilmente già dal primo giorno. Siete sicuri che riuscirete a lavorare ed essere produttivi?» ci rimprovera in modo allusivo.

«Certo nonna, stai tranquilla. È tutto sotto controllo.

Dovevi dirmi qualcosa?»
«No, vi ho portato solo da mangiare.»
«Mm, cosa di buono?» a Roy si illuminano gli occhi.
«Degli *scones* e *clotted cream*.»
«Ma di solito facciamo merenda il pomeriggio.»
«E adesso facciamo merenda anche in mattinata. Sei qui da chissà che ora, devi mangiare! E lavorate invece di giocare. Vi aspetto a pranzo.»
«Signora...»
«Winter. Ti ho già detto che *signora* non mi piace.»
«Giusto! Winter, non si disturbi per me. Io appena avrò finito di lavorare andrò a fare un po' di spesa e mangerò nel mio cottage.»

Mi guarda seria e con occhi attenti e vispi: «Vi aspetto a pranzo» ribatte senza darmi la possibilità di replicare prima di uscire.

Roy ride divertito.
«Tu ridi? Io sto ancora tremando.»
«Esagerata! Non ti mangia mica» si avvicina di nuovo, ma stavolta non gli do il tempo di ammaliarmi, resto lucida. «È una donna di una certa età, la sua è una reazione normale. Non ti conosce ancora e non sa che noi ci eravamo già incontrati. Comunque», mi accarezza una guancia, «dove eravamo rimasti?»

«Eravamo rimasti al punto che stavamo facendo una grande cazzata!»

Mi allontano e, senza aspettare sue disposizioni, indosso un grembiule marrone e beige che trovo appeso lì vicino.

«Ok Crystal, facciamo come desideri. Ignoriamo pure la forte elettricità che c'è tra noi. Che ruolo dobbiamo rivestire allora? Sai, te lo chiedo per essere sicuro di non sbagliare» mi guarda serio e la sua voce ferma e decisa mi fa sussultare. Di solito mi prende sempre in giro, scherza, gioca e il suo timbro canzonatorio mi fa sentire meno estranea. Stavolta, invece, fa sul serio.

«Il ruolo che abbiamo realmente: tu sei il mio capo, ed io la tua aiutante.»

«Allora facciamo solo capo e aiutante, suona meglio» questo suo mettere ancor di più le distanze e puntualizzare il distacco, mi fa rimanere un po' male. *"Ma si sa che gli uomini non hanno proprio pazienza con le donne."*

***

Durante la mattinata abbiamo lavorato sodo, Roy ha mantenuto le distanze e non mi ha dato confidenza. Si è limitato a darmi le informazioni sulle cotture, gli ingredienti e le varie tecniche. È stato calmo e paziente, anche quando ho rovesciato il cioccolato fuso a terra, urtando accidentalmente il manico di un pentolino, anzi si è subito preoccupato di come stessi. Avrei voluto fingere di essermi scottata, solo per sentirlo più vicino, più amico. *"Sono un caso disperato, lo so."* Quando mi sta vicino cerco di allontanarlo e quando si tiene a distanza, lo vorrei vicino. Dannatamente vicino.

Si è fatta l'ora di pranzo e stiamo chiudendo la cioccolateria per tornare al cottage.

«Roy, prima di tornare a casa dovrei fare un po' di spesa. Ti dispiace indicarmi da che parte andare?»

«Ti accompagno io, andiamo.»

«Non voglio crearti disturbo, vado da sola.»

«Vuoi andare da sola perché ti disturba la mia presenza?» il suo tono sommesso sembra quasi arreso.

«No, assolutamente. Non voglio creare disturbo a te.»

«Se mi sto offrendo, vuol dire che non mi disturbi» mi indica di attraversare la strada, «non mi conosci ancora, ma posso garantirti che se dico e faccio qualcosa, è perché la desidero realmente e non per compiacere qualcuno. Almeno su questo, comincia a non avere dubbi.»

«Immagino allora che tua nonna sia come te caratterialmente...» dico sorridendo per creare un po' di armonia vista la tensione che si è creata e che non mi piace affatto.

«Proprio così. Se ti ha invitato a pranzo, stai certa che non è stato per dovere, ma per piacere! E anche tu, non dovresti fare nulla contro la tua volontà» mi dice fermandosi e fermando anche me trattenendomi per un polso. Ci guardiamo intensamente.

«L'emporio è questo» mi indica l'insegna *The mill shop*.

Entrando prendo uno dei cestini in vimini per la spesa, mi fa strada ed io lo seguo, prendo ciò che mi serve in breve tempo e cominciamo a riporre i prodotti sul nastro della cassa. La cassiera lo saluta e sembra quasi mangiarlo con gli occhi.

«Roy, allora quando mi farai quelle lezioni private di bachata?» a quella proposta mi strozzo con la saliva, inizio a tossire ma lui sembra non farci nemmeno caso. Stronzo.

«Quando vuoi vieni a casa mia. Puoi portare anche le tue amiche e poi ce ne andiamo tutti a ballare al *Bachata* in città. Lì, a Londra, mi incontro sempre con altri amici. C'è da divertirsi.» Le fa l'occhiolino e stavolta mi incastro accidentalmente il dito nel nastro scorrevole e cerco di soffocare un'imprecazione sottovoce. Roy continua ancora ad ignorarmi. Volutamente. Doppiamente stronzo.

"Cosa sta cercando di fare? Farmi ingelosire forse? Infantile. Cerca di baciare me e poi ci prova con le altre? Cielo! Possibile che riesca a provocarmi reazioni stupide che nella vita ho sempre ignorato? Mi sento patetica!"

«Scusate, non vorrei interrompere la vostra conversazione, ma dovrei pagare il conto, grazie» dico in tono acido rivolta ad entrambi mentre ripongo la spesa nelle buste.

«Ha già pagato il suo capo, cara» mi sorride solare la ragazza e quasi mi dispiace averle parlato in tono acido. *"Un attimo. Come fa a sapere che lui è il mio capo? E come ha fatto Roy a pagare senza che me ne accorgessi?"*

Si salutano affettuosamente e la cassiera rivolge un saluto accogliente anche a me, ricambio augurandole una buona giornata.

«Roy, mi devi delle spiegazioni» gli intimo una volta usciti dall'emporio.

«Su cosa esattamente? Sulla gelosia che ti ho suscitato e che vorresti negare con tutte le forze?» la sua risposta, così vera, mi spiazza.

«Mi regaleresti un po' della tua autostima? A quanto pare ne hai da vendere.» Maschero le mie emozioni con un po' di cinismo per depistare le sue convinzioni. Ride di gusto e mi prende per mano per attraversare la strada, «mi hai scambiata forse per una bambina?», gli domando alludendo alle nostre dita intrecciate.

«Beh, quando diventi capricciosa un po' lo sembri.»

Ritraggo subito la mano e cammino a passo spedito per superarlo.

«Vai piano con quelle pantofole che scivol...» non fa in tempo a finire la frase che mi ritrovo a slittare perdendo l'equilibrio.

In un attimo sento le sue braccia attorno alla vita e il suo respiro dietro la nuca.

«Non sono pantofole, ma ballerine. Razza di supponente.»

«Non sono sicuramente adatte per camminare sulla neve ghiacciata, principessa.»

«Io uso solo questo tipo di scarpe, non ne ho altre.»

«Reggiti a me per attraversare il ponticello, vieni» si aggiusta la coppola sulla testa e mi invita a mettermi sottobraccio.

«A proposito di cadute, non ho più il telefonino, non so come mettere la sveglia al mattino e non so come contattare i miei familiari. Mi avranno data per dispersa.»

«Non ti preoccupare, risolveremo questa cosa al più presto. Intanto se hai bisogno di telefonare puoi usare quello della cioccolateria, non farti problemi. Ti dirò di più. Dammi la mano.» Prende una penna dalla tasca del cappotto e ci scrive sopra.

«Non potevi usare un pezzo di carta?» lo sgrido.

«Sei troppo maldestra. Perderesti anche quello. Questo è il numero fisso del mio cottage, puoi darlo a chi vuoi per farti rintracciare finché non prenderemo un altro telefono. Puoi entrare quando vuoi, lo sai che *quella* porta non la chiudo», mi dice con tono fermo e calmo fissandomi negli occhi, «tu sai quando tenerla chiusa a chiave. O aperta...». Il suo sguardo scende sulla mia bocca socchiusa e mi fa una carezza sulla guancia, sfiorandomi con il pollice il labbro inferiore. Quel suo profumo mi fa socchiudere gli occhi. Desidero farmi travolgere da un suo bacio, ma mi torna alla mente la nostra discussione. E, fortunatamente, noto che siamo arrivati a casa.

"Cielo! Speriamo che Winter non abbia visto questa confidenza."

Troppo tardi. È affacciata alla finestra e ci osserva.

«Merda.»

«Che c'è adesso?» mi domanda quasi arreso.

«Tua nonna ci ha visti dalla finestra.»

«E quindi?»

«Sono a disagio! L'ho appena conosciuta, e in teoria immagina che abbia appena conosciuto anche te. Non voglio che pensi...»

«Che pensi cosa, Crystal?»

«Forse che io voglia sedurre il mio capo?»

Sorride come al solito e si morde il labbro.

«Beh, non sarebbe affatto una cattiva idea, Miss.»

Entra dalla nonna e mi lascia lì, come uno stoccafisso.

«Muoviti che ho fame!» mi dice a gran voce quando è già sparito all'interno.

14 - ROY

Quando entro nel cottage di mia nonna, mi accoglie un buon profumo e lo stomaco brontola.

«Muoviti che ho fame!» grido a Crystal che è rimasta fuori interdetta.

«Nonna, cosa hai cucinato di buono?» mi avvicino alla terrina di coccio e quando sollevo il coperchio riconosco una squisita *Cottage Pie.*

«Uno dei tuoi piatti preferiti, spero piaccia anche alla tua... amica» dice mentre guarda allusiva prima me e poi Crystal che si trova all'ingresso.

«Vieni pure» nonna la invita ad entrare. A piccoli passi si avvicina, con quell'abbigliamento sembrerebbe uscita da un vecchio film in bianco e nero se non fosse per quei colori sgargianti. Mi arriva alle narici il suo profumo di miele dolce e vanigliato e inspiro un po' di più. Il rossore alle guance non la lascia mai, ha una timidezza che mi manda fuori di testa. Le altre farebbero carte false per avere le mie attenzioni e lei le evita tenendosene a distanza. Mi piace divertirmi lo ammetto, ma con lei sto scoprendo che mi incaponisco e diverto di più quando una ragazza, anziché assecondare la mia spavalderia, la sfotte. Mi stimola ad andare oltre il contatto fisico. Anche se, con lei il contatto fisico lo desidero ogni volta che i miei occhi la scrutano o il mio olfatto la percepisce. Con quelle labbra imbronciate, quegli occhi grandi e curiosi come quelli di una bambina, i capelli lunghi e mossi come quelli di una bambola, quel vitino sottile, i piedini graziosi e la sua statura minuta, mi fa perdere dannatamente la testa! Sembra così delicata, con quel suo modo di vestire buffo e colorato. Così innocente, romantica, intoccabile, mi viene voglia di stringerla e baciarla con forza; vorrei dimostrarle che ora ai miei occhi è più eccitante e desiderabile lei con la sua compostezza e non le donne appariscenti che ho sempre fatto rotolare tra le mie lenzuola.

«Perché mi stai guardando così?» alliscia con le mani le pieghe immaginarie della gonna vaporosa. Devo averla messa ancora una volta in imbarazzo, spero solo che non abbia intuito l'entità dei miei pensieri poco pudici. *"Si scandalizzerebbe anche solo per un bacio, la principessina."* Le sorrido.

«Sei sicura di voler sapere il perché, adesso?» le sussurro affondando lo sguardo nel suo. A disagio come sempre ormai, la vedo trafficare con la tavola già apparecchiata, per distogliere la sua attenzione da me. Io invece continuo a guardarla e mi ricordo di rispondere all'affermazione di mia nonna.

«Lei non è una mia amica, nonna.»

«Da come siete entrati subito in confidenza invece, si direbbe il contrario» afferma mentre mette nei piatti il pasticcio con il fondo di ragù di manzo e verdure, ricoperto da uno strato di purè di patate gratinate.

«Ah sì? E sentiamo allora, perché non potrei essere tua amica, Roy?» rimbecca subito dopo Crystal, con sguardo indagatore.

«Sei sicura di voler sapere anche questo, proprio adesso?»

«Beh, io sono una buona amica. E se te lo stai chiedendo, sì, potremmo essere proprio amici noi due.»

«No, non me lo stavo chiedendo. Perché so già che

non potrebbe essere così.» Mi avvicino a lei e cerco di farle capire con lo sguardo che mi sto trattenendo solo per non metterla ancora più a disagio davanti a mia nonna. Ma lei sembra così ingenua da non capire. O fa finta di non capirlo.

«Come fai a dirlo? Non credi che possa essere una brava amica per te?»

«Oh, saresti un'amica perfetta, per gli altri.»

«Sei così ingiusto! Ti dimostrerò il contrario.»

«E io ti dimostrerò che l'amicizia tra uomo e donna non esiste.»

Stavolta è nonna Winter ad intervenire: «Ragazzi! Date retta a me, non può esserci amicizia tra uomo e donna solo se in ballo c'è altro».

«Appunto» la mia risposta.

«Appunto» mi fa eco Crystal.

«Beh, allora siete d'accordo almeno su questo. Sedetevi che è pronto.» Nonna ci indica le due sedie, una di fronte all'altra.

Crystal mi guarda, si avvicina ancora di più e mi tende la mano: «Ti dimostrerò che oltre ad essere capo e aiutante, potremmo diventare anche ottimi amici».

«Ti dimostrerò che è una grande cazzata!» le rispondo stringendole la mano e scuotendo la testa.

Nel frattempo, sento borbottare mia nonna qualcosa su quanto la nostra generazione sia troppo precoce. Questa vecchina piccola e arguta mi fa sorridere. *"Avrà capito tutto proprio come me, d'altronde ho il suo stesso temperamento."*

***

«Crystal cara, ti va di aiutarmi con gli addobbi natalizi? Sai a questa età mi stanco facilmente e poi mio nipote mi vieta di salire sulla scala.»

«Oh, certo! Io amo il Natale, gli addobbi e tutta l'atmosfera di questo magico periodo dell'anno.» Esulta entusiasta come un elfo nel villaggio di Babbo Natale.

«Perfetto allora! Roy poi portala in soffitta, tu sai dove metto tutto l'occorrente.»

«Ci pensiamo noi nonna.»

«Winter, grazie del pranzo, veramente ottimo!»

«Mi fa piacere vedere che mangi con appetito cara.»

Le vedo entrambe sistemare la cucina poi chiamo Crystal con un fischio leggero e con un occhiolino la invito ad avvicinarsi a me. Sono di fronte al camino scoppiettante, vorrei sprofondare con lei in braccio su questa poltrona che ha visto tempi migliori. *"Altro che amici!"*.

«Ti ricordo che ho sempre un nome!»

«Lo so», le accarezzo una guancia, «ed è anche bello», le dico in un soffio facendola sedere sulle mie gambe, «cazzo se è bello, Crystal!» le sussurro beandomi della sua bellezza.

«Roy, c'è tua nonna. Ma sei impazzito?»

«È di spalle. E se non ci fosse lei?»

«Beh, ti direi la stessa cosa. Sei impazzito? Noi due siamo amici e gli amici non si prendono questa confidenza.»

«Però quando ti ho chiamata sei venuta qui senza esitazioni» le accarezzo il labbro inferiore con il pollice e mordo il mio per trattenermi.

«Beh, te l'ho detto perché. Siamo amici e se un amico mi chiama mi avvicino. Per educazione.»

«Ah sì? Per educazione?»

«Certo!» dalla sua voce traspare titubanza.

La prendo per mano e la porto con me. Si aggrappa alla mia presa decisa. Le sue dita intrecciate alle mie. La porto nel piccolo corridoio.

«Sali.»

«Dove mi stai portando?» domanda contrariata e a voce bassa.

«Tu sali, avanti. La scala è ripida ma ti tengo io» con una mano l'accompagno sui primi gradini.

«Roy, non ci penso proprio a salire le scale mentre tu mi guardi sotto la gonna!»

«E cosa dovrei vedere con queste calze che non fanno trasparire nemmeno un centimetro di pelle?» stavolta è rossa come un peperone. Non so se sia più per l'imbarazzo di avere me dietro di sé, o perché siamo veramente stretti su questa minuscola e ripida scala.

«Prometti di non aprire gli occhi.»

«Crystal, come faccio a salire la scala ad occhi chiusi, e per giunta mentre tengo te che sei già abbastanza maldestra?» le dico esasperato.

«Ssshhh! Non farti sentire!»

«Perché stiamo rubando qualcosa?»

«Io non lo so proprio cosa dobbiamo fare quassù e mi maledico perché alla fine ti do sempre retta e ti seguo.»

Saliamo i gradini piano piano e siamo quasi arrivati alla botola da aprire.

«Mi piace», le dico in un orecchio, «perché vuol dire allora, che almeno un po', ti fidi di me.» È sul gradino avanti al mio, la circondo con le braccia per aprire la porticina di legno della botola, sento il suo respiro farsi irregolare, si gira appena verso di me e quegli occhi languidi adesso sembrano privi di forza, si arrendono e si perdono nei miei, la sua bocca si schiude e quando soffia sulle labbra il mio nome con quel suo dolce profumo, impazzisco.

Con le braccia ancorate alla botola, mi precipito, eccitato, con la bocca sulla sua. Stavolta assaporo le sue labbra, sanno di zucchero e miele, come quel dannato burro di cacao che mette spesso e che mi fa andare fuori di testa. Le sento abbandonarsi alle mie, la lingua calda e umida mi fa impazzire, voglio sentirla più vicino a me, la voglio addosso. Do una spinta alla porta sopra di noi per aprirla, e con le nostre bocche ancora incollate e vogliose di scoprirsi a vicenda, la prendo tra le mie braccia facendole salire gli ultimi due gradini.

«Roy» mi sussurra incollata alle mie labbra.

«Entra» le dico mentre la porto oltre la botola che richiudo sotto di noi.

«Non...» i baci si fanno incandescenti ma lei cerca di spiccicare qualche parola ogni tanto. Io per farlo dovrei prendere fiato perché le sto divorando le sue e in questo momento non me ne frega un cazzo di parlare.

«Non... possiamo... Roy» ansima mentre mi tiene una mano sulla barba e l'altra dietro la nuca.

«Chi lo dice che non possiamo, Crystal?» chiedo mentre comincio a baciarle il collo.

«Lo dico io» sussurra respirando ancor più affannosamente quando con una mano la stringo stretta a me e con l'altra raggiungo la sua pancia.

«Cazzate! Lo desideri quanto me e da svariati incontri, lo sai» salgo più su e raggiungo un seno, impazzisce e cerca la mia bocca, mi stringe il viso tra le mani e mi bacia, con forza. Quella forza che mi fa perdere il controllo per l'eccitazione, le sollevo il reggiseno con le dita. Con sorpresa un seno abbondante mi riempie la mano, lo nascondeva sotto strati di maglioni. La desidero.

«Crystal, mi fai impazzire dalla prima volta che abbiamo ballato insieme» le accarezzo il seno e gioco con il suo capezzolo, mentre cerco di parlarle tra un bacio e l'altro. «Io non riesco a fingere che non sia così, non c'è motivo per fingere che non sia così!» stanco di torturare quel capezzolo solo con la mano, le sfilo maglione e reggiseno, ed eccola davanti a me in tutta la sua bellezza. I capelli lunghi, color del grano le ricadono sui seni. «Cazzo quanto mi piaci!» glieli scosto delicatamente e mi fiondo a baciarle quel seno turgido. Le mordicchio i capezzoli e i suoi gemiti mi eccitano ancor di più. «Ti voglio Crystal!» salgo, la bacio sulle labbra e nei suoi occhi compare un lampo di lucidità.

«Roy» cerca di scostarsi un po' guardandosi intorno. «Roy, cazzo, siamo nella soffitta di tua nonna!» dice in un momento di panico.

«Beh, in teoria volevo prendere gli addobbi natalizi» la vedo intenta a rivestirsi e ancora una volta mi perdo a guardarla ammaliato. «Ma poi quando hai pronunciato il mio nome sulla scala, con quella voce bassa ed eccitata, non ci ho più visto.»

«Quindi è colpa mia se siamo finiti in queste condizioni?» si lamenta mentre recupero gli scatoloni del Natale.

«Non è colpa di nessuno» le indico i vari contenitori, «io voglio te e mi sembra di capire che la cosa sia reciproca. Per quanto ancora vogliamo negarlo?»

«Questo non doveva succedere! Prendo anche questi, potrebbero servirmi per delle creazioni.» Accumula pezzi di legno e cartoncini.

«Che vuol dire che non doveva succedere? A chi stiamo facendo un torto? Hai per caso un fidanzato a Londra?»

Mi guarda interdetta: «Certo che no».

«Ah, dimenticavo... tu non hai debolezze, sei di sani principi e certe cazzate, come lasciarti andare con un ragazzo che ti piace, non le fai, vero?»

Mi guarda sorpresa per il mio disappunto.

«Io certe cose non le faccio con il primo che incontro, non riesco, non è da me.»

«E sentiamo, cosa è da te, invece? Perché sminuire una passione che coglie impreparati mi sembra davvero ridicolo», apro la botola e carico il primo scatolone, «e comunque non sono il primo che incontri, ma direi piuttosto che siamo un incontro che ci lascia senza fiato e ragione ogni volta». Sbraito cominciando a portare gli scatoloni di sotto. Uno ad uno li raduno accanto al camino. Crystal è ancora di sopra, ho il suo profumo sotto il naso. Mi strofino il viso con le mani e mi soffermo sulla barba. Lo faccio di solito quando sono pensieroso e mia nonna lo sa, ecco perché ora mi sta osservando con un sorrisetto sulle labbra sottili.

«Caro, con le donne ci vuole pazienza», si avvicina e mi fa una carezza, «soprattutto se cominciano ad essere importanti.»

Le regalo un sorriso un po' tirato.

«Nonna, io non so come ci si comporta con le donne.»

«Lo sai Roy, lo sai. Te lo dirà il tuo cuore» mi poggia

una mano sul petto e sono sicuro percepisca i battiti accelerati. «Ma ci vuole pazienza. Le cose belle vanno sudate.»

Dei passi incerti ci avvisano che è arrivata Crystal, si avvicina al camino e si siede lì accanto. Prima di tornare in soffitta per prendere le altre cose, la raggiungo.

«Tieni» le metto un mazzo di chiavi in mano.

«Cosa sono?»

«Le chiavi del mio cottage, vai pure di là così potrai usare il telefono fisso e parlare in tranquillità. Io ho da fare nella legnaia e poi andrò alla cioccolateria.»

«Grazie ma non serve, entrerò dalla porta comunicante, se per te non è un problema. Poi ti raggiungerò alla cioccolateria. E pensandoci bene, è pieno di cabine telefoniche rosse, dopotutto siamo nel Regno Unito.»

«Fai le tue cose tranquilla, abbiamo tempo per lavorare, ma non oggi, ok? E non essere testarda, usa il mio telefono!» accenno un sorriso e la saluto.

Forse ha ragione Crystal. Mi sto infilando in qualcosa di serio, più grande di quello che sono solito fare. Lei mi piace troppo, ma evidentemente non le ispiro fiducia. D'altronde come potrei ispirare fiducia agli altri se non so nemmeno io cosa voglio, o meglio, cosa sono in grado di dare ad una donna. Sono alla soglia dei trent'anni, ma non ho mai avuto storie d'amore, solo avventure passeggere. Non saprei come comportarmi, non saprei cosa offrire ad una ragazza così limpida e piena di valori come lei.

Per quanto mi possa piacere, per quanto il desiderio e l'attrazione ci perseguitino, io non sono l'uomo giusto per lei. Me lo ripeto sempre e, in fondo, ne sono consapevole anche io.

Cosa le racconterò quando farò il coglione con le altre?

Cosa farò quando manderò il suo cuore ingenuo in frantumi?

Cosa farò quando mi sentirò sempre più una merda nel guardare quegli occhi dolcissimi e indifesi?

Mia nonna pensa che finalmente io possa mettere la testa a posto e innamorarmi una buona volta. Per un attimo l'ho pensato anche io, quando quel bacio ci ha resi due calamite, quando inalando il suo respiro di miele mentre le sue labbra si posavano sulle mie, ha scatenato qualche battito di troppo nel petto.

Ma quanto può durare uno frettoloso come me con una pura come lei?

Ho paura di farla soffrire. Non voglio accada. Non merita di diventare un numero, ma di trovare l'uomo giusto che la ami sempre.

Cercherò di starle alla larga e di mantenere un normale rapporto di lavoro e di amicizia, proprio come desidera, così nessuno si farà male.

15 - CRYSTAL

«Merda!» impreco rigirandomi la cornetta del telefono tra le mani e ripensando a quanto combinato in soffitta.

Non ho mai avuto giornate così dinamiche da mandarmi in panne i pensieri e farmi imprecare costantemente. Gioco con il filo arricciandolo intorno al dito e vedo Clo raggiungermi dalla porta comunicante che ho lasciato aperta.

«Piccola Clo, ho bisogno di affondare il naso nel tuo pelo» la stringo a me e la annuso, così morbida e profumata. Mi sento un po' come i gatti, abitudinaria. Uscire dalla mia comfort zone, dalla mia bolla fatta di sicurezze, mi porta a pormi tante domande. Starò sbagliando a non lasciarmi andare con Roy? Inutile negarlo a me stessa, tra noi c'è quel qualcosa che non riesce a farci restare lontani. Ogni volta che siamo vicini si riesce a percepire quella scarica di elettricità che spiazza entrambi. Ma lui parla solo di quanto io sia bella ai suoi occhi, di quanto gli piaccio e soprattutto di quanto mi vuole. Si parla solo di desiderio e attrazione. A me non bastano. Io voglio trovare l'amore. Sarò anche all'antica come dice Destiny e so che l'amore non nasce in un giorno. La verità è che dovrei dare a una persona la possibilità di farsi conoscere. Ma Roy non ha mai parlato di conoscenza, di frequentazione, di coltivare un qualcosa insieme per vedere che frutti possa dare. No, lui ha espresso soltanto che mi vuole, che mi desidera, ed è per questo che penso non sia l'uomo giusto per me. Non è paziente, ma sbrigativo. Non è tanto profondo da capire i miei pensieri, ma superficiale. Non è serio, ma frivolo.

Non siamo fatti l'uno per l'altra. Meglio fare un passo indietro con lucidità, piuttosto che ritrovarmi a leccare poi le ferite del mio cuore deluso.

Quando lo rivedrò gliene parlerò, sarò chiara e concisa. Decisa e sicura della mia scelta gli comunicherò che d'ora in avanti avremo solo rapporti lavorativi e al massimo amichevoli. Se non gli starà bene, me ne tornerò a Londra.

Dopo aver analizzato per bene le mie sensazioni e le mie decisioni, accarezzo ancora una volta Clo e digito prima il numero di mia madre per raccontarle del nuovo lavoro che le avevo solo accennato, poi compongo il numero di Destiny.

«Des?»

«Crystal sei tu?»

«Sì, sono io.»

«Ma che fine hai fatto? Perché hai sempre il telefono spento? Stavo iniziando a preoccuparmi e volevo anche chiamare tua madre e poi andare da Cherry per farmi dare il numero del tuo posto di lavoro, mi hai mandata fuori di testa!»

«Tranquilla, calmati, sto bene e adesso ti racconto tutto...»

Dopo averle spiegato quanto successo, con scontri e figuracce annesse, la sento più leggera e sollevata, infatti riprende a ridere di me.

«Quindi mi stai dicendo che abitate nello stesso cottage con una porta comunicante?»

«Sì.»

«E mi stai anche dicendo che con quelle mani fa miracoli?»

«Destiny per favore!» rispondo scandalizzata.

«Intendo con il cioccolato... sei appena diventata una piccola maliziosa! Ha creato un cioccolatino in onore del tuo abito, ti rendi conto?»

«Di cosa mi devo rendere conto? Aveva una nuova idea e l'ha sperimentata. Non c'è altro.»

«Crystal, dai retta a me, quell'uomo è pazzo di te, e non solo del tuo bel faccino e del tuo corpo» mi sembra di vederla ammiccare tramite la cornetta telefonica.

«Ti stai sbagliando di grosso. È solo desiderio quello che lo incolla alla mia bocca, nient'altro, pura attrazione.»

«E ti sembra una cosa da niente? Questa è chimica signori! Ne riparleremo più avanti...»

«Comunque, non mi interessa più. Ormai ho deciso: rapporto lavorativo e amichevole.»

«Ok, va bene. Tanto ve ne accorgerete da soli, prima o poi.»

«Des, adesso devo lasciarti, ho già fatto due telefonate ed è parecchio tempo che sono in linea, comunque questo è il suo numero, chiamami tu, ok?»

«Certo, ti chiamerò.»

«Ovviamente ad orari decenti! Non farmi brutti scherzi» la sento ridere. Riattacchiamo.

Torno nella mia parte di cottage e mi metto comoda sul divano con Clo appisolata sulle gambe; mi accarezzo le labbra ancora arrossate e irritate dalla barba di Roy. Arrossisco all'istante ripensando al solletico provocatomi sul seno da quella fitta peluria e ai brividi scossi dalle sue labbra. Cerco di dimenticare il mix di emozioni procurate da quel bacio rovente e cerco di togliermelo dalla testa una volta per tutte. Guardo un po' di tv e, rilassata, mi addormento per un pisolino pomeridiano.

16 - ROY

Sono in laboratorio, l'unico posto in grado di calmare la mia irrequietezza e smania. Ormai si è fatta sera, ma stringo in mano una nuova creazione.

È un dato di fatto che Crystal sia la mia continua ispirazione.

Il guscio caramellato mi ricorda il colore dei suoi capelli dorati, le onde che ho smussato nella forma mi ricordano invece la morbidezza di quella chioma. Il cuore morbido di miele e vaniglia all'interno, mi ricorda il loro profumo. Ne assaggio uno e chiudendo gli occhi rivivo quei baci famelici e delicati al contempo. Rivivo quella frenesia di volerne ancora.

Mi passo le mani sul viso, profumano di cioccolato fuso. Ormai hanno preso questo odore, proprio quello che Crystal riconosceva anche al buio.

"Basta, devo togliermela dalla testa."

Tolgo il grembiule da lavoro, rimetto gli anelli, infilo il maglione oversize bianco a maglia larga sopra la camicia di jeans color biscotto sbottonata sul petto, calco sulla testa la coppola a *pied de poule* cuoio e nera, indosso il cappotto abbinato e me ne torno a casa più leggero.

«Ehi Roy, stavi ancora lavorando?» la voce di Milly la cassiera del *The mill shop* mi sorprende alle spalle mentre chiudo la cioccolateria.

«Ehi, ciao cara. Si, sto chiudendo ora, e tu che fai?»

«Sto andando a cena con delle amiche, vuoi venire? È un locale dove si balla la bachata» mi fa l'occhiolino sull'ultima parola, siamo amici da una vita e conosce il mio punto debole.

«Beh, potrei anche unirmi a voi, non ho altri impegni.» Il pensiero di lasciare Crystal da sola mi fa dispiacere, ma poi mi convinco che comportarmi abitudinariamente sia la cosa migliore per entrambi, così da evitare anche situazioni imbarazzanti e di intimità come quella di oggi.

«Perfetto, passiamo a prenderti noi.»

Poco dopo le ragazze sono davanti al ponticello che dà sul cottage, suonano il clacson dell'auto e mi precipito fuori.

«Non esistono più gli uomini di una volta» brontola mia nonna mentre le passo davanti. La saluto e lei scuote la testa mentre sistema delle piante aromatiche.

Salgo in macchina.

«Ciao bellezze!» le saluto tutte e tre con il solito fare da seduttore incallito e i loro profumi stucchevoli e forti quasi mi ubriacano.

Un attimo dopo butto l'occhio alla finestra di Crystal dove noto essere tutto spento, soltanto un batuffolo bianco spunta e si siede sul davanzale. Sorrido appena riconoscendo Clo.

***

La serata prosegue alla grande. Le amiche di Milly sono davvero carine e simpatiche. Tutte sanno ballare alla perfezione, tranne Milly che ha bisogno ancora di qualche lezione. Ma se la cava comunque benissimo. Difficilmente ricordo i nomi di tutte le donne che conosco e con le quali ballo, e le sue amiche hanno davvero dei nomi insoliti che mi confondono, tipo Betty e Gilly, o forse Chetty e Titty? Non ricordo mai chi è l'una e chi l'altra. Sarà anche il rum che sto bevendo tra un ballo e l'altro.

«Ragazze, io con i nomi non vado per niente d'accordo. Per ricordare quello di Milly ci ho messo trent'anni. Vi dispiace se vi chiamo bionda e bruna?» chiedo sorridendo maliziosamente con gli occhi chiusi a due fessure e un sopracciglio alzato.

«Oh Roy, chiamami come vuoi, l'importante è che mi fai ballare.» Dice la bionda stretta in un vestito striminzito nero, così accattivante da far fermare i miei occhi sempre sulla schiena inarcata e lasciata scoperta, per poi scendere su un lato B decisamente pronunciato e in bella vista.

Le porgo una mano per invitarla in pista, lei l'afferra subito, pianta i suoi occhi chiari nei miei e sorride iniziando a ballare. Si muove in modo sensuale ed esperto. Niente di originale. Niente di diverso dal solito. Nel frattempo, Milly ha trovato un ballerino con cui scatenarsi e la bruna mi sorride dal tavolo. Cedo quindi la mia dama bionda ad un altro ballerino e mi dirigo verso l'altra.

Stesso film. Stesso ballo senz'anima. Io amo la bachata, ma da tempo ormai non riesco più a trovare una compagna di ballo che mi faccia emozionare ad ogni nota. Sembra di avere tra le mani sempre la stessa persona. Passi sensuali, esperti e nessuna esitazione.

A questo pensiero rallento, davanti agli occhi l'immagine dei passi incerti di Crystal e la sua timidezza. Decido di fermarmi con la scusa di dover andare alla toilette. Prendo il bicchiere di rum dal tavolo ed esco a prendere aria.

Fuori si gela, ma quando scolo il liquido ambrato che mi infiamma la gola quasi mi sento andare in fiamme. Ad ogni respiro, una nuvoletta bianca si libera nell'aria fredda di dicembre. La musica del locale arriva anche all'esterno, seppur attutita. Sembra una serata come le altre, eppure mi manca qualcosa. Mi manca avere il corpo di Crystal da guidare e mi mancano i suoi passi incerti e coraggiosi che ai miei occhi sono cento volte più accattivanti di un passo di *bachata sensual* perfetto e qualificato.

Ballare con lei mi ha fatto provare emozioni. È questa la verità.

Finisco il rum tutto d'un fiato. Non so neanche più quanti bicchieri ho scolato. Le ragazze mi raggiungono pronte per andare via.

«Roy, è tardissimo e domani devo aprire il negozio. Torniamo a *Bourton*?» mi dice Milly stretta nel suo cappotto.

«Sì certo, andiamo» dico barcollando un po' verso la macchina. «Bionda e Bruna, noi invece continueremo la nostra serata a casa mia, intesi?»

17 - CRYSTAL

La luce del mattino mi sveglia di soprassalto. Mi strofino gli occhi e il mento, sento ancora sulla pelle la sensazione dello sfregamento della barba di Roy mentre mi baciava. Arrossisco all'istante, mi tornano in mente le scene di noi due avvinghiati l'uno all'altra nella soffitta della signora Winter. Quell'uomo mi farà perdere la ragione se continuerà così, ma la sciocca sono io che con lui non riesco proprio a prendere una posizione. Mi maledico un attimo dopo aver pensato la parola *posizione* e immaginato noi due durante un amplesso.

«Stupida Crystal!» continuo a rimproverarmi, «ti sei sempre tenuta alla larga da uomini così, perché non continui a farlo anche con lui?» proseguo ad alta voce. «Clo?» non la trovo nel letto e mi spavento. Di solito mi sveglia all'alba con le fusa.

«Clo, dove sei?» il cuore mi batte all'impazzata, vado nel soggiorno e vedo la porta comunicante aperta. Ricordo di averla chiusa, ma non a chiave. E i gatti riescono a fare anche questo arrampicandosi sulle maniglie: aprirle.

Entro nel cottage di Roy, tanto è giorno ormai e sarà sicuramente nella cioccolateria.

Inizio a chiamare la mia gatta e appena entro nel suo soggiorno mi si palesa davanti uno scenario alquanto chiaro. Roy addormentato sul divano con la camicia di jeans sbottonata, ancora vestito e con le scarpe ai piedi, solo il maglione buttato a terra sul quale Clo dorme beatamente. Sento puzza di alcool e noto tre bicchieri di liquore sul tavolino di fronte. Di cui due sporchi di rossetto.

"Bene. Questa è la conferma che aver preso quella decisone sia stato molto saggio."

«Caro Roy, avevo capito tutto sin da subito con te. Ora il mio bel faccino che tanto sembrava piacerti, te lo puoi anche scordare!» gli dico mentre prendo Clo.

«Mmh, nonna non rompere! Cosa stai farneticando?» dice con la bocca impastata dal sonno e iniziando a lamentarsi dei dolori provocati dalla posizione scomoda assunta sul divano.

«Sarò anche all'antica per te, ma non sono tua nonna» gli dico aprendo la finestra.

«Cazzo, fa freddo!» è solo in quel momento che prova ad aprire gli occhi e cerca di mettermi a fuoco.

«Meglio far passare aria, prima che arrivi davvero tua nonna a chiamarti e si accorga di quanto cazzo hai bevuto!» gli dico in tono sprezzante, lo stesso che sembra svegliarlo come se lo avessi colpito con uno schiaffo.

«Crystal, sei tu...»

Lo guardo con un sopracciglio alzato prima di rispondergli: «Sì, sono la tua amica e aiutante Crystal. Ti ricordi di me o il rum ti ha annacquato il cervello?»

«Ehi» si alza, si strofina il viso con le mani e si avvicina a me. «Perché mi parli con disprezzo?» prosegue.

Lo guardo spalancando gli occhi: «E mi chiedi anche il perché? Hai fatto grande festa stanotte, a quanto pare e non con una donna, ma bensì con due!» indico i bicchieri mezzi vuoti mentre a passo deciso me ne torno da dove sono venuta.

«Cazzo!» si passa una mano sulla testa rasata. Clo, intanto, scende dalle mie braccia e torna a casa nostra. «Clo, aspetta.» Grida per richiamare la mia attenzione. «Merda! Volevo dire Crystal. Ehi, aspetta un attimo» ma ormai sono già in cucina a prepararmi del tè.

Mi raggiunge.

«Crystal! Io volevo parlarti di noi...» lo interrompo prima che possa finire la frase.

«Roy! Punto primo: non c'è nessun noi. Punto secondo: non sei tenuto a darmi spiegazioni perché io non sono la tua donna. Punto terzo: anche io volevo parlarti ieri...» metto il tè in due tazze, gliene porgo una e continuo, «per dirti che la cosa migliore sia avere solo ed esclusivamente un rapporto lavorativo e amichevole. Punto... nient'altro. Siamo troppo diversi per poter andare d'accordo. E per creare qualcosa, l'attrazione non basta.» Sorseggio dalla tazza e riprendo a bassa voce, «sempre se le intenzioni fossero state quelle di creare qualcosa.»

Mi guarda fisso negli occhi, non distoglie mai lo sguardo dal mio. Tiene la tazza sospesa a mezz'aria ma non beve.

«Hai ragione» dice in tono sommesso, e questa conferma arriva come una doccia gelata. Eppure, sarei dovuta essere preparata. «Io non sono l'uomo che potrebbe renderti felice perché ho dei brutti vizi e uno sono le donne e le mille avventure che mi concedo da sempre, però ci tengo a precisare una cosa.»

«Non devi giustificarti.»

«Non mi sto giustificando. Voglio tu sappia che, sì ho bevuto, e parecchio, mi sono divertito a ballare la bachata con loro...» a quelle rivelazioni lo stomaco si stringe in una morsa e mi passa anche la fame, «ma non ho sfiorato altre donne all'infuori di te», per la prima volta nei suoi occhi scuri leggo dispiacere.

«Beh, sei libero di farlo e, fammi un favore, dimentica quello che è successo ieri perché è stato solo un fottutissimo sbaglio» amareggiata faccio per andarmene ma mi blocca il passaggio.

Me lo ritrovo davanti e l'agitazione si impossessa di me. Di nuovo. Di fronte a lui mi sento sempre così inerme. Ed è la cosa che più non sopporto. Sentirmi così arrendevole come non lo sono mai stata.

«Io credo di aver capito qualcosa in più ieri sera, qualcosa su di me. Non voglio pressarti in nessun modo Crystal, ma c'è una cosa che voglio dirti…»

Il cuore mi scuote con i suoi battiti accelerati e non so cosa aspettarmi.

«Volevo parlarti per dirti *amici come prima*», il cuore perde un battito, «ma ecco, io invece vorrei conoscerti meglio», lo dice d'un fiato, come se cercasse di prendere tutto il coraggio a disposizione. «Me ne dai la possibilità?»

18 - ROY
Una settimana dopo

Non so cosa mi sia preso quella mattina, probabilmente avevo ancora la mente annacquata dall'alcool della sera prima. Fatto sta che avevo tutta l'intenzione di proporre a Crystal l'accordo di continuare ad essere solo dei buoni amici, ma poi la sua espressione delusa, amareggiata, aggiungerei anche schifata alla vista di quei bicchieri timbrati di rossetto, mi ha ridestato da quello stato patetico. Ho quasi avuto paura di perderla, anche se non è mia, anche se probabilmente un uomo del genere non lo vorrebbe nemmeno al suo fianco, anche se forse le offrirei più grattacapi che sorrisi. Resta il fatto che ho avuto paura di perderla. Non è da me, le uniche volte in cui la paura si fa sentire sono quando finisco la bottiglia di rum e non ne ho una di scorta, quando noto scarsità tra le materie prime in laboratorio o quando sto per concludere la serata in compagnia di una sventola e scopro di aver finito le precauzioni. Stavolta invece, ho avuto paura di perdere una persona. Paura di perdere quella ragazza così innocente, forse anche troppo per uno smaliziato come me. Non voglio perderla. Voglio piuttosto conoscerla meglio.

Peccato non abbia ancora risposto alla mia domanda.

Non so cosa pensa di me, cosa le frulla per la testa quando mi guarda, quando mi scruta mentre sono assorto a fondere del cioccolato, quando i nostri occhi si cercano e si incastrano alla perfezione. Non so cosa pensa, ma voglio darle tempo, voglio provare ad avere un po' di pazienza, lasciare che le cose vadano come devono anche se la desidero ogni volta in cui le nostre mani si sfiorano e il suo profumo mi investe. Tanto so che prima o poi sarà lei a baciarmi, sono proprio sicuro di non essere il solo a desiderarlo.

È passata una settimana e il nostro lavoro alla cioccolateria continua indisturbato, tranne per le volte in cui mia nonna si presenta all'improvviso con la scusa di portarci qualcosa da mangiare, ma io so che è per testare il terreno e capire cosa mi passa per la testa. Ho quasi trent'anni, ma gli ultimi dieci li ho trascorsi lontano dai miei genitori. Loro si sono trasferiti in Scozia dopo aver aperto lì un'altra bakery, di conseguenza mia nonna ha sempre vigilato su di me. Non appoggia le mie abitudini, tranne la passione per il ballo, di quella va fiera da quando ha assistito ad una esibizione fatta con mia sorella, insieme ci siamo scatenati sia nella sua specializzazione, lo Swing, che nella mia, i balli caraibici. Per quanto riguarda invece donne e alcool vorrebbe tanto mi ridimensionassi trovando la donna giusta per calmarmi. Ora ci sto provando con Crystal, è l'unica che mi fa desiderare andare oltre al sesso occasionale, ma chissà se la mia pazienza riuscirà a mettere radici insieme al mio cuore.

È il pomeriggio del quindici dicembre e *Bourton on the water* è in pieno fermento. Il Natale si avvicina e porta con sé la tradizione dell'accensione del grande albero che si trova sulle rive del fiume *Windrush;* il corso d'acqua attraversa il nostro villaggio così come altri limitrofi in questa zona delle campagne inglesi, tra le varie contee della Gran Bretagna, qui ci troviamo nel *Gloucestershire*. Amo il mio villaggio, conosciuto come la *Venezia delle Cotswolds* per i suoi canali e ponti.

Non sono mai stato in Italia ma mi incuriosisce molto, chissà magari un giorno...

Mentre creo dei nuovi stampini per i cioccolatini che Crystal stessa mi ispira, la osservo. Di profilo, è concentrata a girare con un mestolo di legno il contenuto del pentolino che ha davanti, con il grembiule marrone legato in vita. Oggi indossa un maglioncino carta da zucchero e una gonna vaporosa blu della stessa tonalità delle ballerine, sembra una ragazzina. Ha raccolto le ciocche laterali che le scendevano davanti al viso con un fiocco, assomiglia a una bambola soprattutto per le onde color grano.

Le ciglia lunghe sventolano come ventagli ad ogni battito, impreziosiscono quei due grandi zaffiri blu. Il nasino all'insù e la bocca sempre incurvata in un sorriso. Impazzisco. Giuro che impazzisco se continuo a guardarla. Ignara dei miei pensieri, di cui è protagonista, si gira verso di me e appena scorge i miei occhi puntarla, si schiarisce la voce e riacquista un'espressione seria.

«Roy, il caramello salato credo sia pronto.»

Mi avvicino per controllare.

«Bravissima. Non è facile questo passaggio, ci vuole pazienza e tenacia, ma tu ci sei riuscita alla grande. La consistenza è...» con il cucchiaio di legno porto un po' di quella crema ambrata all'altezza del mio sguardo e la osservo attentamente. Dopodiché torno a guardare lei, «è... perfetta.»

La vedo aprirsi in un sorriso sincero, è entusiasta. Quando ride così le si formano due fossette sulle guance che mi fanno desiderare di farla sorridere per sempre. Gliene accarezzo una con il pollice e poi la prendo per mano.

«Vieni», la invito a prendere posto davanti agli stampini, «stavolta questi nuovi cioccolatini li preparerai tu».

La vedo agitarsi.

«Roy ma io non so…» con un dito le sfioro le labbra per invitarla a non replicare.

«Ti guiderò io, ad ogni passo come quando ti faccio ballare, ricordi?» il suo sguardo scende dai miei occhi al tavolo.

«Sì, ricordo» torna seria.

«Per caso non ti piace ripercorrere quei momenti?» voglio capire cosa le passa per la testa. Ci riuscirò mai.

Ora solleva lo sguardo affrontando il mio, anche se a disagio: «Mi piace, è questo il problema».

«Un problema per chi? Non di certo per me.»

«Oh, certo, come no. Ora stiamo parlando di lavoro, di amicizia, o cos'altro?» sembra aver assunto un'aria di sfida.

«Ci tieni davvero così tanto a dare un nome a questa cosa e a darci un ruolo preciso?»

Dà un'ulteriore mescolata e torna a parlare di lavoro. «Finiamo questi cioccolatini prima che si freddi il caramello.»

Le faccio vedere il procedimento riempiendone uno, lei segue attentamente tutti i passaggi e con minuziosa accortezza porta a termine il lavoro.

Sono orgoglioso di lei, si vede che sta amando questo lavoro, se ne sta innamorando ogni giorno di più. *"Proprio come me"*, mi ritrovo a pensare vedendola sorridere mentre batte le mani soddisfatta. Mi unisco a lei sorridendo, prendo il cucchiaino che aveva in mano e raccolgo dal pentolino ciò che è rimasto della crema. La porto alla sua bocca e lei ricomincia a controbattere.

«Roy, che fai?»

«Secondo te cosa sto facendo? Apri!» le ordino sorridendo e assaggia quella meraviglia che ha creato.

«Oh, cielo! Ma è...»

Porto il cucchiaino dalla sua bocca alla mia e la fisso estasiato: «È... ammaliante come te, Crystal. Lo so che non si può definire così una crema, ma mi ricorda proprio questo tuo lato».

«No, non lo pensi davvero. Io non sono così seducente. Questo caramello è divino.»

«Lo sei proprio perché pensi di non esserlo. Sei seducente in tutto ciò che fai, come adesso che hai appena chiuso gli occhi godendo di questo sapore stuzzicante. Dolce e salato. Noi siamo così, un continuo contrasto» mi avvicino di più e con il pollice le tolgo una gocciolina di caramello rimastale all'angolo della bocca e lei avvampa come ogni volta in cui la sfioro. Mi fa sorridere questa sua compostezza, sa che piano piano la sto sciogliendo e ha paura continui a farlo.

«Hai detto *noi*?» mi domanda incredula.

«Sì, Crystal. A proposito, è passata una settimana ed io sto ancora aspettando la risposta alla mia domanda.»

«Hai detto tu stesso che non serve dare per forza un nome ad ogni cosa o rapporto, quindi perché vorresti saperlo?»

«Beh, lo prendo come un sì allora. Chi tace acconsente» dico un po' più sicuro di continuare in quello che definisco il mio primo corteggiamento.

«Un sì per cosa esattamente?»

«Per conoscerci.»

«Ma lo stiamo già facendo, lavoriamo insieme.»
«Beh, allora non ci limiteremo solo a lavorare insieme. Stasera ordiniamo *fish and chips* e guardiamo un film.»
«Hai già deciso per entrambi?» la vedo slacciarsi il grembiule e appenderlo con forza sbuffando un *supponente* a bassa voce. Rido. Non vuole davvero tenermi a distanza, se lo è imposto, e allora le dimostrerò che insieme possiamo fare più che lavorare e saltarci addosso.
«Yes, Miss!» le strizzo l'occhio mentre mi tolgo il grembiule dopo aver messo il vassoio di cioccolatini a solidificare.
«Mi fai almeno scegliere il film?»
«Va bene dai, quello sceglilo tu.»
«Grazie per la concessione.» Ironizza amara e con le mani sui fianchi.
Le sorrido e la vedo sforzarsi di nascondere il suo.

***

Tornati dal lavoro ognuno va a casa propria. Mi infilo sotto la doccia e, mentre il getto d'acqua calda mi bagna il viso, in testa ho solo lei. La sua pelle chiara e delicata come porcellana, la sua timidezza in continua lotta con il desiderio che prova verso me e il mio tocco. «Cristo, quanto mi fa impazzire!» comincio pure a parlare da solo ormai. «Questa ragazza mi sta mandando fuori di testa!» L'acqua calda mi scivola lungo il corpo, ripenso al nostro bacio fremente e sento l'acqua scottare, proprio come le mie mani che ardenti di desiderio andavano alla ricerca del suo seno alto e sodo mentre le nostre bocche si esploravano a vicenda. «Cazzo, quanto la voglio!» continuo a inveire ad alta voce maledicendo me stesso e quei pensieri che non mi mollano facendomi lottare contro un'erezione che non vuole placarsi. «Dannazione!» cerco di distogliere il pensiero da Crystal e lo focalizzo sulla volta in cui mi è caduto il ciocco di legno sul piede per colpa sua. Quanto faceva male quella botta. «Ecco ora va meglio.» Finalmente riesco a finire la doccia in santa pace.

Curata la barba con balsamo profumato e pettinino, mi vesto indossando un pantalone a cavallo e vita bassi, anfibi, t-shirt con un ampio scollo e camicia in tartan rosso lasciata sbottonata. Rimetto le catenine al collo, bracciali, anelli, e sono pronto. Calco in testa la coppola uguale alla camicia ed ecco che suonano al campanello, *"sarà la consegna della cena"*.

«Grazie e buona serata!» saluto il ragazzo delle consegne e con la cena fumante tra le mani mi dirigo verso la porta comunicante che trovo socchiusa.

"Che profumino emana questo cartone!"

«Eccomi Crystal, la cena è pronta. Ho una fame!» avanzo nel soggiorno, noto il camino ancora spento, ma la mia attenzione viene subito catturata dal suo corpo mentre esce dal bagno fasciato in un asciugamano striminzito. «Eh no, cazzo!» alla mia esclamazione disperata lei lancia un gridolino e fa un salto facendole perdere appena la presa sull'asciugamano.

«Sei impazzito? Cosa ti salta in mente? Adesso fai anche lo spione?» mi incenerisce con uno sguardo pieno di astio.

«Non dire idiozie! La porta era aperta ed è arrivata la cena.»

«E sentiamo, chi ti ha dato il permesso di entrare?»

«Se non vuoi farmi entrare e rischiare che io ti veda in déshabillé, ti basta chiuderla a chiave, come da accordi» cerco di distrarmi posizionando la cena sul tavolino piccolo di fronte al divano per evitare di puntare i miei occhi su di lei impalata, mezza nuda e con i capelli umidi appiccicati sulla pelle rosea, a chiedere spiegazioni. I suoi occhi grandi sono sbarrati, la bocca dischiusa dallo stupore e quei piedini piccoli scalzi che mi fanno venir voglia di scaraventare a terra quel pezzo di straccio che si tiene stretto addosso.

«Tu sei pazzo, Roy! Ecco cosa sei...»

«Miss, per favore puoi andare a vestirti? Grazie.» Dico tutto d'un fiato prima che mi venga voglia di strapparle un bacio.

«Ma sentilo! Io sono a casa mia, quello che è entrato senza permesso sei tu. Hai anche il coraggio di impartirmi ordini? Presuntuoso!»

«Lo dico per te, sul serio» ribatto fulminandola con lo sguardo e con un tono più simile a un'implorazione che a una richiesta. Sbuffando va in camera e sbatte la porta, credo l'abbia anche chiusa a chiave stavolta. Mi fa imbestialire ma anche tanto ridere. Sorrido sotto i baffi e mi avvicino alla cesta della legna. Credo che la sua presenza renderebbe le mie giornate ricche di risate e di litigate, perché no, quelle stuzzicano sempre. E poi ci immagino a rimpinzarci di schifezze tra sorrisi, carezze, film e le fusa della piccola Clo.

"Cielo, sto diventando patetico! Sembro uno di quegli uomini convinti che il sesso non sia tutto in una coppia e che, ovviamente, mentono! Il sesso è importante, eccome. Se tra due persone, non c'è desiderio, manca una parte fondamentale."

Decido di accendere il camino e con una mano allontano l'immagine di noi due come una coppia felice e sorridente che si tiene per mano lungo le stradine di *Bourton on the water.*
"Bah! Un'immagine stucchevole e demenziale."
Poco dopo aver sistemato la cena, mi accorgo dell'arrivo di Crystal tramite una folata d'aria dolciastra che smuove sedendosi al mio fianco sul tappeto. La guardo e mi torna in mente quella mattina, quando vederla in pigiama mi ha ispirato il cioccolatino creato stasera.

«Cosa ti sei messa? Vuoi andare a dormire e saltare la cena?»

«Certo che no! Ho una fame che non ci vedo, volevo stare comoda. O forse in tua presenza dovrei mettere un succinto abito da sera?» mi provoca padroneggiando sicurezza e audacia, ma le sue guance imporporate la tradiscono.

«Beh, non mi dispiacerebbe affatto, Miss» le faccio l'occhiolino e lei alza gli occhi al cielo.

«Certo che no, a te basta che respiri, ti porteresti a letto anche mia nonna» sentenzia mentre iniziamo a mangiare.

«Non penso proprio, mi hai preso per un depravato?» mi avvicino al suo orecchio e le sussurro, «io vado a letto solo con chi mi piace.»

«Non voglio sapere altro. Non mi interessano i dettagli.»

«E comunque non pensare che quel travestimento da ape gigante mi distragga da tutto il resto! Tu mi piaci anche in pigiama» la guardo fisso negli occhi mentre addenta il pesce fritto.

«E tu invece dove devi andare vestito così?»

«Così come? Sono vestito come al solito.»

«Appunto. Non devi conquistare nessuno stasera, potevi venire anche in pigiama.»

«Sì, e poi avremmo potuto allestire un bel pigiama party, come delle perfette amiche.» La guardo e ammicco con un sorrisetto laterale: «Mi stai forse dicendo che così curato, potrei conquistarti?»

«Non l'ho detto.»

«Non l'hai detto, ma l'hai fatto intendere.»

«Sei tu che interpreti tutto a modo tuo.»

«Mi piace leggere fra le righe, con te» sussurro prima di dare un sorso alla birra.

Continuiamo a cenare in silenzio, Clo che mangia la sua scatoletta di pesce per farci compagnia, lo scricchiolio della legna che arde nel camino, e la tv accesa tanto per riempire quei pochi silenzi dovuti dalle nostre bocche che trangugiano cibo.

Ogni tanto ci osserviamo, come per memorizzare con lo sguardo le nostre abitudini, i nostri movimenti. La vedo mangiare con gusto, le brillano gli occhi. È bellissimo anche questo di lei, divora tutto con gran appetito.

«Metto su il dvd allora!» mi ridesta all'improvviso.

«Fai pure» dico senza troppo interesse, ancora assorto ad osservarla.

La colonna sonora di *Grease* che parte, invece, attira subito la mia attenzione.

E il suo sorriso ampio si fa spazio sul viso delicato.

«Vorresti dire che, io e te, stasera vedremo un film romantico?»

«No, semplicemente vedremo il mio film preferito,

senza me, te, noi e il romanticismo.»

Sorrido, come ogni volta che cerca di districarsi dalle mie insinuazioni.

Spero di non addormentarmi anche stavolta, di solito i film romantici hanno questo effetto su di me. Una noia mortale.

19 - CRYSTAL

Finisco la gustosissima cena divorando le ultime patatine con gli occhi puntati sulla tv. Ovviamente è il mio film preferito ad avere tutta la mia attenzione.

«Cosa ti piace esattamente di questo film?» mi chiede ad un tratto Roy mentre i protagonisti della storia, Danny e Sandy, si rincontrano nel parcheggio del cinema all'aperto con le rispettive compagnie e lui finge di non conoscerla. *"Spavaldo come qualcuno che conosco."*

«Beh, è romantico. E poi ha quel sapore d'altri tempi, quegli amori così...» non riesco a finire la frase che mi interrompe.

«Quegli amori cosa? Sono esattamente come quelli di adesso, basta guardare lui che la sfotte, l'amica di lei che è quella facile del gruppo, poi c'è quella brava ma anche quella stronza e uguale per gli uomini» afferma risoluto.

«Parli di amore come se lo conoscessi, ma per favore!»

«Con amore intendo cotte, rapporti di coppia, flirt e altre stronzate di questo genere.»

«Ovviamente. Beh, queste stronzate prima o poi beccheranno anche te e vedrai come cambierai.»

«Io? Cambiare? E per quale motivo?» ride di gusto e mi sfotte.

«Sei proprio come Danny, spavaldo e con quel ghigno sempre stampato in faccia pronto a sfottere» lo guardo in modo truce prima di tornare al film.

«È un classico! Lui si fa grande con gli amici per non rovinare la sua reputazione da donnaiolo incallito, fa bene...»

«Lui è innamorato di Sandy! Ma si sa che gli uomini, tutti, davanti agli altri fanno i duri e sono sempre le ragazze a rimetterci. Stronzi!»

«Oh, ma andiamo. Ci sono anche uomini che menefreghisti o donnaioli lo sono per davvero.»

«Stai forse parlando di te?» stavolta lo osservo con attenzione, curiosa della risposta, lo sento farneticare qualcosa di poco chiaro, «non ti capisco, puoi ripetere?»

«Dicevo che lo sono stato finora» questa affermazione mi agita.

«Vuoi dire che non lo sei più?»

«Le persone non cambiano dall'oggi al domani.»

«Puoi dirlo forte, il lupo perde il pelo ma non il vizio» dico amaramente mentre le sue parole distruggono le speranze create un attimo prima.

«Ma possono cambiare le intenzioni, questo sì!»

I miei occhi si spostano lentamente dallo schermo cercando una conferma nei suoi, o perlomeno un pizzico di verità. Nel suo sguardo vedo decisione e quella serietà mai pervenuta. All'improvviso mi sento come in una bolla, le battute del film le percepisco in lontananza e il suo sguardo mi rapisce del tutto. *"Argh! Cazzate. Non posso farmi abbindolare così da uno come Roy per due paroline buttate a caso."*

«Che meraviglia quegli abiti!» dico in tono sognante cercando di eliminare il silenzio imbarazzante creatosi.

«Sono come i tuoi, sia per i colori che per le forme. Poi con la tua delicatezza e ingenuità saresti perfetta in quell'epoca.»

«Guarda che se pensi di sfottermi non ci riuscirai, per me è un complimento.»

«Sono contento di esserci riuscito» dice ancora una volta in tono serio e con una tonalità bassa tanto da farmi accapponare la pelle. *"Sono brividi quelli che sento?"*

«Questa canzone è bellissima, così romantica...» sogno ad occhi aperti guardando Sandy che canta per il suo amato.

Roy si alza dal divano e mi porge una mano, io la guardo e, titubante, cerco i suoi occhi.

«Vieni, balliamo.»

«Perché?»

«Crystal, non ti mangio mica.»

E invece sì, perché l'ultima volta che ci siamo sfiorati, l'attrazione e l'eccitazione si è impossessata di noi. O meglio, di me, perché per lui è routine.

«Ma questo è un lento, non una bachata.»

«E allora? Un lento lo saprai ballare, spero» mi prende ancora in giro, afferro la sua mano con aria contrariata.

«Certo che so ballare un lento, per chi mi hai preso.» E invece è dal ballo del liceo che non spiccico due passi.

Mi prende per mano e mi sposta di poco, davanti al camino acceso c'è un po' più spazio e, mentre Olivia Newton-John canta *Hopelessly devoted to you*, lui con delicatezza mi passa entrambe le braccia attorno alla vita e le chiude simulando un abbraccio. Tremo e il cuore mi schizza in gola. Ma non voglio farmi vedere così vulnerabile e cerco di fingere indifferenza. Spero che il solito rossore delle mie guance non mi tradisca.

Porto le braccia sulle sue spalle per poi chiuderle dietro la nuca. I suoi occhi cercano i miei ed io, invece, cerco di guardare altrove per non farmi scavare a fondo da quelle iridi scure, così profonde da farmici affogare ogni volta che le incatena alle mie.

Ascoltiamo le parole d'amore della canzone e mi imbarazza immaginarmi stretta all'unico tipo di uomo con cui non avrei mai immaginato di ballare.

«Ti sei mai innamorata, Crystal?» mi soffia delicatamente sul viso con una voce calda che mi provoca un nodo in gola, per potergli rispondere devo schiarirmela.

«Una sola volta.»

«E sapresti riconoscerlo?»

«Credo di sì.»

«Cosa si prova?» la sua domanda mi coglie impreparata.

«Ecco, non lo so esattamente, avevo sedici anni.»

I suoi occhi adesso si fanno più magnetici e mi sorride teneramente.

«Quindi non sai esattamente cosa si prova ad innamorarsi da... donna» più che una domanda sembra un'affermazione. I suoi occhi brillano davanti alle fiamme del camino che si riflettono in quello sguardo diventato improvvisamente dolce.

«Credo si riconosca dal cuore che inizia a martellare nel petto, furiosamente, dallo stomaco che si stringe in un pugno quando ti manca o ti delude, dal contatto che ti manda in escandescenza. Insomma, penso siano queste le cose che si provano.»

Sembro una bambina ingenua che sogna il vero amore, non una ragazza di venticinque anni. Se continuo così riceverò solo derisioni. Ed è solo colpa mia se poi faccio scappare i ragazzi. Sono troppo impegnativa, me ne rendo conto. Ma la sua risposta arriva come un balsamo pronto a sciogliere le mie insicurezze.

«Sei bellissima e non solo fuori. Sono sicuro che il vero amore prima o poi lo troverai, tu continua a sognarlo, e te ne accorgerai quando sentirai questo, battere all'impazzata» mi dice appoggiandomi la mano sul petto all'altezza del cuore ed io vorrei solo sprofondare. Non faccio in tempo a calmare i miei battiti che il suo palmo li percepisce e i suoi occhi si distendono sorpresi. Non dice nulla, si limita a guardarmi con una serietà che non avevo mai notato prima, si avvicina per darmi un bacio sulla guancia, la sua barba mi solletica e il suo buonissimo profumo di cioccolato misto ad acqua di colonia mi disorienta; mi sento stordita da questi ultimi minuti, dalle parole e dai gesti. Cerco di ritrovare lucidità e lo allontano furtivamente, è come se gli ultimi eventi mi avessero spogliata anche di quel ridicolo pigiama mettendo a nudo le mie emozioni.

***

Il lento di ieri sera ci ha tolto parole ed energie. Abbiamo finito di guardare il film in silenzio, entrambi spaesati, ognuno isolato con i propri pensieri, non prestavamo più attenzione alle vicende di *Grease*.

Io pensavo a come la sua presenza riesca ad abbattere ogni mia convinzione, Roy probabilmente pensava a qualcun'altra. Chissà, magari ad un lontano amore che lo ha scottato e fatto diventare il cinico di adesso.

Mentre sorseggio il tè con il latte, guardo fuori dalla finestra e noto che le giornate assolate hanno sciolto del tutto i resti della neve.

Avvolgo meglio il plaid sulle spalle e vado a sorseggiare la mia tazza fumante fuori dal cottage.

Il sole mi illumina, chiudo gli occhi mentre i raggi mi baciano e le note musicali delle canzoni natalizie, provenienti dagli altoparlanti, si espandono nell'aria fredda di dicembre. Mi guardo intorno, consapevole di affezionarmi sempre più a questo villaggio fuori dal tempo. La neve ha scoperto tutto il verde di queste campagne e la pietra dei cottage, illuminata dal sole, sembra ancor di più sulle tonalità del miele. I tetti spioventi fanno pensare alle casette di cui si legge nelle fiabe, il ruscello che scorre placido sotto i ponticelli e al fianco delle stradine ne è la conferma. Il mio respiro crea delle dense nuvolette e le mie mani si riscaldano grazie alla porcellana di questa meravigliosa tazza decorata a fiorellini. Sorrido. Fa sicuramente parte dei servizi della signora Winter. Butto lo sguardo verso il suo cottage e la vedo indaffarata attraverso la finestra. Andrò da lei per addobbare la casa come le avevo promesso, oggi dedicheremo la domenica a questo.

Lancio poi uno sguardo alla finestra di Roy, starà sicuramente ancora dormendo. Finisco il tè e torno dentro per prepararmi.

Vorrei sentire Destiny, ma non posso andare da Roy a quest'ora, rimando allora la telefonata ad un altro momento; *"ho proprio voglia di sentire quella pazza, mi manca così tanto."*

Indosso un maglioncino color biscotto dal quale esce il colletto della camicia con gli orsacchiotti di peluche, una bella gonna di un verde intenso che mi arriva alle ginocchia, le ballerine color cuoio e il cappottino *elfo*

che si abbina alla perfezione. Anziché indossare il cappello stavolta raccolgo le ciocche che mi vanno davanti al viso con un fiocco di velluto color biscotto. Do un bacino a Clo seduta sulla soglia della finestra intenta ad osservare il paesaggio circostante ed esco.
Poco dopo busso alla porta di Winter.
«Buongiorno!» la saluto con un sorriso.
«Oh, buongiorno, già sveglia di domenica? Entra pure» mi accoglie nel tepore della sua casa.
«Non ho dormito granché stanotte e allora eccomi qua.»
Mi guarda pensierosa: «Qualcosa ti turba, cara?».
«Oh, no. Solo che sto vivendo delle emozioni intense in questo ultimo periodo» mi torturo le mani con le mie stesse dita.
«E questo ti turba» asserisce mentre mi scruta. «Vuoi del tè? Due uova con il bacon?» continua.
«No grazie, ho già fatto colazione. Sono venuta per aiutarti ad addobbare il cottage» dico sorridente.
«Pensavo te ne fossi dimenticata, ma magari hai altro a cui pensare» sorride maliziosa. Proprio con quel sorrisetto sghembo del nipote.
«No, siamo stati semplicemente impegnati con la cioccolateria, ma oggi non ho impegni, almeno credo. Roy starà dormendo quindi non penso di avere del lavoro da sbrigare.»
«In verità anche lui è sveglio da parecchio e l'ho visto uscire quando era ancora buio. Lo so perché io dormo poco, è risaputo che gli anziani vanno a dormire presto ma poi si svegliano prima dell'alba» sorridiamo alla sua affermazione.
«È uscito prima che si facesse giorno?» le domando

mentre si versa del tè. Solleva lo sguardo su di me.

«Sarà andato sicuramente alla cioccolateria, mia cara.»

La guardo sorpresa.

«A fare cosa a quell'ora e in un giorno di riposo?»

«Per seguire l'ispirazione», dice senza esitazione comprendendo la natura di quei movimenti del nipote, «e da quello che vedo in questo periodo deve averne davvero tanta», conclude.

Resto un po' spiazzata e subito mi tornano in mente le sue creazioni. L'ultima portata a termine proprio il pomeriggio del giorno prima quando mi ha invitata a concludere i passaggi per quel guscio di cioccolato a forma di ape e poi a passare la serata insieme.

«Crystal, mi senti?» Winter mi richiama al presente.

«Scusami, ero sovrappensiero» le rispondo mentre penso ancora a lui, a noi in laboratorio, a cena e mentre balliamo il lento sulle note della colonna sonora del mio film preferito.

"Cosa sta succedendo? Uno come Roy non perde tempo con queste carinerie. O forse sì, solo per portarmi a letto?"

Sempre Winter mi riscuote dal mio stato di trans.

«Da dove iniziamo ad addobbare?»

***

La mattinata scorre velocemente tra lucine, albero di Natale, decorazioni e una bella ghirlanda fatta di edera, bacche rosse e agrifoglio intrecciati al vischio, come da tradizione inglese che abbiamo creato proprio io e lei.

«Guarda che meraviglia Winter! Questo è il suo posto» le dico entusiasta mentre la appendo sul camino.

«Oh, mia cara sei stata bravissima! Hai avuto un'idea stupenda, hai creato una perfetta ghirlanda che simboleggia l'eternità della vita» la sua voce è rotta dall'emozione, mi giro a guardarla e istintivamente corro ad abbracciarla.

«Signora Winter, non volevo farla piangere.»

«Crystal, queste sono lacrime di commozione. Da quando mio figlio e sua moglie si sono trasferiti, Cherry si è spostata per lavoro e mio marito è mancato, io e mio nipote abbiamo cominciato a trascurare queste tradizioni fino ad abbandonarle. Il Natale non è più stato lo stesso e la tua presenza ha portato una boccata di aria fresca nelle nostre vite. So che è così anche per lui, indossa una maschera, ma lo conosco.»

«Nonna.» La voce di Roy ci informa del suo arrivo.

«Non ti abbiamo sentito arrivare. Che te ne pare?» Winter con un sorriso radioso e gli occhi velati di lacrime, indica la stanza.

«È bellissimo!» la voce tradisce l'emozione, deve aver ascoltato la nostra conversazione.

Si avvicina ad abbracciare sua nonna e con il labiale mi simula un *grazie*.

Ci sorridiamo e, ancora una volta, i nostri sguardi sembrano voler dire molto di più.

«Ragazzi, per pranzo sto preparando il *Sunday Roast,* quindi restate nei paraggi perché fra poco si mangia» ci invita Winter.

Che sensazione strana, mi sento a casa, eppure sono solo poche settimane che sono qui, ma la signora, rispetto ai primissimi giorni, è diventata così ospitale da farmi sentire di famiglia.

Poi amo l'arrosto della domenica e so già che sarà delizioso, Winter cucina divinamente.

Mentre aspettiamo che il pranzo sia pronto, aiuto ad apparecchiare e con la coda dell'occhio vedo Roy che mi osserva dalla poltrona.

Ogni tanto alzo lo sguardo e i suoi occhi sono sempre puntati su di me, appena finisco di sistemare la tavola si avvicina.

«Vieni» afferma come al solito in modo imperativo.

Mi prende per mano e mi porta fuori casa.

Alzo gli occhi al cielo e lo seguo. Come sempre.

«Che c'è?»

«Ecco, stavo pensando... visto che sei molto creativa e ti piace addobbare per le festività natalizie...» fa una pausa e si gratta il mento. Dai suoi movimenti deduco essere un po' a disagio, o addirittura in imbarazzo. *"Roy in imbarazzo, possibile?"*

«Ti andrebbe di addobbare anche il nostro cottage?»

Sorrido.

«Perché ridi?» mi domanda a disagio evitando il mio sguardo.

Sorrido ancora. «Oh, niente di che. Abbiamo il materiale per addobbare?»

Si toglie la coppola e si gratta la testa rasata. «Di cosa abbiamo bisogno?»

«Beh, innanzitutto di un albero, poi di decorazioni, luci...»

«Ok, ok!» mi interrompe. «Dopo pranzo andremo al *Christmas shop* a prendere tutto ciò che occorre» e prendendomi per mano mi accompagna di nuovo dentro.

Fa e disfa a suo piacimento.

Prende e va quando e dove vuole.
Agisce come gli pare.
Ma questa sua indipendenza mi incaponisce e affascina al tempo stesso.
Forse più del dovuto.

***

«Roy, quante cose stai prendendo?» domando mentre lo vedo arrancare all'interno del negozio con le braccia piene di scatole.
«Miss, devo pur fare rifornimento, saranno dieci anni che non compro e non addobbo nulla per Natale.»
«Ho capito, ma non c'è bisogno di spendere così tanto, guarda», gli indico solo poche confezioni, una colla a caldo, forbici ed altri accessori, «creeremo noi stessi delle decorazioni.»
Sbarra gli occhi incredulo: «Stai scherzando spero! Io non saprei dove mettere le mani».
«Oh fidati, lo sai eccome!» solo dopo aver formulato la frase mi rendo conto di averla appena detta ad uno malizioso come Roy.
«Mi compiaccio, principessa» alza un sopracciglio fiero delle sue doti.
«Parlavo del tuo lavoro, caro» lo ammonisco risoluta.
«Ora che mi ci fai pensare mi è venuta un'idea, Miss.»
Poco dopo siamo al cottage.
Lasciamo a terra le decorazioni e Roy torna alla macchina per recuperare l'albero, lo vedo mentre lo abbraccia e cerca di non cadere dal ponticello come è successo

a me la prima sera.

Per fortuna che al momento non ci sono più neve e ghiaccio e l'acqua che scorre è bassa.

«Principessa, questo lo pianteremo qui.»

«Qui, qui?»

«Qui, qui. In giardino.»

«Ma è un'idea meravigliosa!» e in uno slancio lo abbraccio gettandogli le braccia al collo.

«Potrei abituarmici a questi gesti d'affetto» la sua voce roca mi parla in un orecchio e in un attimo mi fa ridestare.

«Non abituartici. È stato solo un attimo di euforia» cerco di mantenere un briciolo di compostezza che molto probabilmente ho lasciato a Londra, o addirittura perso strada facendo.

«Dai, mettiamoci a lavoro!» continuo per sdrammatizzare la mia gioia incontenibile.

***

Dopo qualche ora, ci guardiamo intorno e l'atmosfera è ancora più calda e accogliente. Sopra il camino campeggia un'altra ghirlanda che profuma di natura, verde e rossa con un bel fiocco dorato.

Nei vari angolini ci sono elfi, renne e un babbo natale fa capolino dalla finestra.

Ci guardiamo sorridendo soddisfatti, sul viso di Roy leggo un'espressione nuova.

Sembra appagato, rilassato, felice.

Stesse sensazioni che provo io. Stavolta sono io a prenderlo per mano e ce ne andiamo fuori per osservare il *nostro* albero.

«È bellissimo così illuminato, mi sembra un po' vuoto senza decorazioni però...»

«Arriveranno anche quelle nei prossimi giorni, vedrai.»

«Oh-mio-dio!» la mia espressione da sorridente a sbigottita lo allarma.

«Cosa c'è?»

«Quella palla di pelo bianca che si allontana è la mia Clo?» domando disperata guardando un puntino lontano e subito dopo la porta del cottage rimasta semi aperta.

«Andiamo a controllare, vieni.» Mi prende per mano ma non mi sposto di un millimetro.

«Io... sto per svenire» i miei occhi improvvisamente si velano di lacrime e dalla mia bocca non esce fiato a sufficienza per richiamare Clo, per fortuna lo fa Roy.

«CLO VIENI QUI!» inizia a gridare.

Dopodiché mi affretto ad entrare in casa per prendere la confezione delle sue crocchette, torno fuori ed inizio ad agitarla per richiamarla con quel rumore.

«CLOOO! VIENI QUI!» comincio ad agitarmi.

«Roy, la dobbiamo trovare subito! Lei non è abituata a stare fuori casa, vive con me in un appartamento, ho paura che si perda per queste campagne, che si faccia del male, che non sappia ripararsi dal freddo, che non trovi cibo e acqua...» Roy mi blocca sorreggendomi e mi guarda negli occhi.

«Non agitarti, la troveremo. Te lo prometto.»

Le lacrime mi rigano le guance e il suo sguardo cerca di darmi forza e coraggio, ma io senza la mia Clo mi sento persa.

Corro verso il bosco, cerco di seguire la direzione

che ha preso, ma niente, nessuna traccia.

Lo sconforto si impossessa di me così come il panico.

Roy mi aiuta invano, sono passate due ore, abbiamo cercato ovunque, ma niente.

Ad un tratto la frustrazione mi acceca ed inizio ad inveire contro di lui.

«È colpa tua! Da quando sei entrato nella mia vita, hai fatto crollare tutte le mie sicurezze. Io vivevo serena nella mia comfort zone e ora non so più niente. Non so cosa ne sarà di me, della mia Clo, della mia vita, non so più niente da quando ci sei tu.»

Con la rabbia negli occhi e il dolore nel cuore, distrutta dalla paura, sbatto la porta del cottage e senza dargli nemmeno il tempo di rispondere mi chiudo dentro, cercando solo di ritrovare un po' di calma.

Il mio unico pensiero adesso è lei, la mia Clo.

Prego affinché non le succeda nulla e che ritorni al più presto a casa.

20 - ROY

Ieri sera ho visto per la prima volta Crystal ferita, sofferente e amareggiata. Questa immagine non mi ha fatto chiudere occhio e, dopo aver bevuto il mio rum, senza dirle nulla ho continuato a cercare la sua gatta senza risultato. Se fossi rimasto ancora a casa, avrei rischiato di finirla quella bottiglia di liquido ambrato.

Lo so che probabilmente la mia presenza ha scombussolato la sua quotidianità, è un po' quello che è successo anche a me da quando è apparsa nella mia vita. Devo ancora abituarmi a lei, ma anche se ha scatenato la sua rabbia repressa su di me, so che il suo era solo uno sfogo. Avrebbe passato tutta la notte fuori al gelo solo per cercare la sua dolcissima gatta che per lei è di vitale importanza.

Le ho promesso che la ritroveremo, perciò stamattina all'alba dopo aver stampato dei fogli con la descrizione di Clo e l'indirizzo della cioccolateria, li ho sparsi per le vie di *Bourton on the water*.

Spero che qualcuno l'avvisti e chiami, voglio essere fiducioso. Una cosa l'ho capita in queste settimane, per stare bene ho bisogno del suo sorriso delicato; quando la guardo ho solo voglia di tenerla stretta tra le braccia e addossarmi ogni suo dispiacere.

Sono circa le nove del mattino e quasi tre ore che lavoro ad un nuovo cioccolatino, mentre gli altri, per le solite consegne festive private e per i punti vendita, li ho appena chiusi nelle bellissime, nuove ed eleganti scatole confezionate e create da Crystal.

È una ragazza davvero fantasiosa e creativa, e non sapeva nemmeno di esserlo finché qui non ha avuto modo di mettere in atto la sua manualità.

Guardo quei fiocchi color pastello a chiudere le confezioni in cartoncino color sacco e sorrido pensando alla sua dolcezza, spero solo arrivi al più presto qualche telefonata per avere notizie di Clo.

Mentre prego ancora una volta che qualcuno trovi la gatta, ecco che una voce mi richiama dalla porta d'entrata.

"Devo ricordarmi di mettere un campanellino che mi avvisi ogni volta che qualcuno varca la soglia."

«Eccomi, un minuto e arrivo subito» dico a gran voce per farmi sentire.

Lavo le mani sporche di cioccolato e mentre le asciugo sul grembiule mi dirigo verso l'esposizione.

I miei occhi si sgranano quando vedo uno sconosciuto, biondo e dal viso buono, tenere in mano un trasportino.

«Buongiorno, credo di aver trovato la gatta che si era persa e che stavate cercando. Stavo montando la bancarella per il mercatino natalizio quando l'ho notata, e per fortuna nel furgoncino ho sempre dei croccantini e un trasportino dei miei gatti, sono riuscito con facilità a portarla qui» dice mentre me lo avvicina per farmi guardare.

«Non ci credo, tu sei un angelo!» gli dico con un ampio sorriso proprio mentre Crystal entra con un'espressione sofferente e triste che mi stringe lo stomaco in una morsa.

«Chi è che sarebbe un angelo? Magari potrebbe farmi una grazia» chiede poco prima di accorgersi del trasportino che il ragazzo mi sta porgendo. «OH CIELO! CLOOO!» inizia a gridare mentre le lacrime le bagnano il volto e il suo sorriso si fa più ampio. «Sto sognando? Ditemi che è tutto vero, vi prego!» apre il trasportino e prende in braccio la sua amatissima gatta, sta bene, ha solo le zampine un po' sporche, ma d'altronde con quel pelo candido, in mezzo ai campi era inevitabile.

«Mia piccola Clo, mi sei mancata da impazzire, anzi, sono proprio impazzita senza di te. Sono stata così in pensiero per tutta la notte. Non spaventarmi mai più, ti prego!» continua a parlarle mentre la bacia e si strusciano a vicenda fronte contro fronte. Una scena così dolce e commovente da farmi sentire il cuore più leggero solo guardandole.

«Ti prego, dimmi come ti chiami e come possiamo ringraziarti, sei apparso davvero come un angelo.» Mi rivolgo a lui mentre gli porgo la mano.

«Non ho fatto nulla che non avrebbe fatto chiunque, davvero, sono solo felice di aver compiuto un gesto gradito. D'altronde capisco la preoccupazione, anche io ho tre gatti e li amo come fossero dei figli. Comunque io sono Tyre, piacere di conoscervi.» Ammette fiero e sorridente.

«Io non solo ti sono riconoscente, ma ti sono immensamente grata. Mi hai ridato serenità e dieci anni di vita, non sto scherzando. Vorrei poterti ringraziare in qualche modo, concedimelo» dice Crystal rivolgendogli un sorriso così dolce e riconoscente da farmi sentire di troppo.

Ora stanno parlando solo loro, di gatti e di tutte le cose che già sembrano avere in comune, ed io per rendere felice Crystal e non condizionarle ancora la vita come il mio solito, mi faccio da parte e, dopo aver salutato Tyre, torno in laboratorio. D'altronde si vede che è un bravo ragazzo, posato e gentile; *"la lascio sicuramente più in buone mani con lui che con me. E così magari per una volta mi ringrazierà di non averle rovinato anche un ipotetico incontro con l'uomo perfetto."*

Torno al nuovo stampino in cui il cioccolato bianco si sta solidificando, metto all'interno una gustosa ciliegia caramellata e una goccia di limone.

Continuo a lavorare, ma perdo la concentrazione quando li sento accordarsi per uscire a cena, proprio come avevo temuto.

Come da copione...

Lui è l'eroe.

Io lo stronzo.

Fine della storia che non era ancora iniziata.

***

Quando stacco da lavoro, Crystal è già andata via, non so con chi e dove, e nemmeno lo voglio sapere.

Decido di andare fuori per pranzo. Non mi va di tornare a casa dove tutto mi parla di lei, compreso quel fottuto albero davanti al cottage.

E poi vorrei evitare il terzo grado di mia nonna.

Passo in negozio da Milly e la invito a mangiare insieme.

Siamo seduti dentro un *restaurant & tea-room,* al tavolino proprio accanto al camino acceso, ordiniamo due *Pie* e le birre continuando a chiacchierare.

«Allora amico mio, ti sei innamorato» dice scrutandomi con il suo sguardo furbo.

«Milly, sei per caso impazzita?» la sua affermazione mi coglie impreparato e mi fa sentire a disagio.

«Piantala. Puoi prenderti gioco di chiunque con il tuo fare beffardo, ma non di me.» Arriccia le labbra per trattenere un sorriso.

«Io non mi innamoro, e lo sai! E poi chi dovrebbe mai essere questa tizia così pazza da cambiarmi?» rispondo muovendomi a disagio sulla sedia che, improvvisamente, sembra essere ricoperta di spine.

«Il tuo corpo parla per te. Le tue parole negano ma tu sembri irrequieto, quella ragazza ti sta proprio cambiando… e finalmente, direi!» l'ultima frase sembra pronunciarla con più asprezza del solito ed io mi incazzo con me stesso.

«Milly, eppure mi conosci da ventotto anni. Sei fuori binario. Queste sono idiozie!»

Lentamente si avvicina, sporgendosi in avanti con il busto, io d'istinto faccio lo stesso per ascoltare quante altre cazzate ha deciso di dire oggi.

«Proprio perché ti conosco da quando siamo nati, sono sicura di quello che sto dicendo. Ti serve solo del tempo per metabolizzare la novità, ti ha preso in contropiede» afferma in tono cauto, ma talmente sicuro da far venire dei dubbi anche a me.

«Non mi serve nessun tempo e nessuna donna. Anzi, forse sì, un po' di compagnia tra le lenzuola è proprio quello che ci vorrebbe. Dammi il numero delle tue amiche, la bionda e la bruna» dico ostentando la solita spavalderia, ma comincio a percepirla estranea.

Mi guarda e scoppia a ridere.

«Stai ridendo di me?» chiedo stranito mentre afferro al volo il boccale di birra che la cameriera ci sta porgendo.

«Sì Roy, sto proprio ridendo di te. Quella sera hai dato il due di picche anche alle mie amiche, e pensare che sono pure due abbastanza libere e aperte di vedute. Ma a quanto pare, per non fare follie come al tuo solito...» si avvicina appoggiando una mano sulla mia con affetto, «avevi già in testa lei.»

Mi sorride amabile, ma so che quel sorriso affettuoso è la soddisfazione per avermi smascherato. O almeno è quello che crede lei.

In quel momento lo scampanellio della porta d'ingresso ci avverte dell'arrivo di nuovi clienti. *"Ma di tutta la contea, quel tipo doveva portarla a mangiare proprio qui?"*

Il mio sguardo si incatena subito a quello di Crystal, mentre il suo alle nostre mani una sopra l'altra.

Milly ritrae subito la sua come se si fosse scottata, ma io le comunico con uno sguardo di stare tranquilla. *"Perché in fondo, che me ne importa?"*

Non so cosa ha in mente la mia amica, sicuramente un piano diabolico; sta attaccando bottone con loro che sono ancora impalati davanti alla porta semi aperta.

«Scusami principessina, potresti chiudere la porta? Entra il freddo. Grazie!» il mio tono appare infastidito.

Lei alza gli occhi al cielo sbuffando come ogni volta che dalla mia bocca esce una richiesta, la chiude e con lo sguardo cerca un posto libero per sedersi, ma non fa in tempo perché Milly fa la grandissima cazzata di invitarli ad unirsi a noi.

«Ma che cazzo fai?» le intimo a denti stretti.

«Noi dobbiamo ancora iniziare a mangiare ragazzi, quindi perché no? Potremmo conoscerci meglio e fare due chiacchiere, non trovate?» si rivolge a Tyre che acconsente gentilmente cercando conferma da Crystal.

«Che ne dici se ci uniamo ai tuoi amici? Tanto non mancheranno altre occasioni per uscire soli» dice in tono lieve e delicato provocandomi un conato alla parola *soli*.

Quella stronza della mia amica, se così si può ancora definire, alza un sopracciglio guardandomi soddisfatta, di cosa devo ancora capirlo.

Crystal palesemente a disagio come il sottoscritto annuisce e si siede, facendo l'errore di scegliere il posto lontano da me, così ora siamo uno di fronte all'altra. Mi guarda smarrita e sembra già pentirsi della sua scelta.

"L'uno non può evitare lo sguardo dell'altra, che situazione del cazzo!"

Milly si alza per richiamare la cameriera e far aggiungere due coperti, approfitto per andarle dietro.

«Mi spieghi cosa stai cercando di fare?» le dico inveendole contro quando siamo distanti dal tavolo.

«Niente, ho semplicemente invitato al nostro tavolo una tua amica, per di più dipendente della tua cioccolateria. O forse amica non lo è?» eccolo lì quel sorrisetto di chi la sa lunga stampato nuovamente sulla sua faccia.

«È un'amica e una dipendente, nient'altro. Lo dimostra il fatto che al suo fianco c'è un tizio che non sono io.»

«Lo vedo, così come vedo che ti brucia» mi fa la linguaccia e se ne torna al tavolo.

"Merda! Mi smaschera come un coglione ogni volta che apro bocca, perfida Milly."

Arrivano tutti i nostri tortini *Chicken and Mushroom*: crema di pollo e funghi per me, Milly e Crystal, uno vegetariano per Tyre. Peccato che oltre al formaggio, la crema cheddar sia con le cipolle. Sorrido quasi soddisfatto immaginandomi una Crystal composta che storce il naso ma che si sforza di non darlo a vedere.

Milly non fa che studiarci. Mi sento sotto esame e le mimo un *fottiti* che provoca una risata ad entrambi. Cosa che non sfugge a Crystal intenta a studiarci a sua volta con sguardo inquisitore.

«Allora Tyre, raccontaci di te. Non sei di *Bourton on the water*, immagino» sono io ad aprire la conversazione, anche se non ne ho voglia.

«No, sono di un'altra contea non troppo distante. Ma quest'anno ho deciso di montare la bancarella per il mercatino natalizio proprio qui, dopo esserci stato per visitare la meravigliosa riserva naturale.»

«Sei un escursionista?» domando cercando di capire il tipo ideale di Crystal.

«Non proprio, ma amo la natura e fare escursioni, questo sì.»

«E sei vegano, immagino.»

«Non mangio animali che meritano di vivere come tutti gli esseri viventi» dettaglio inopportuno, poteva evitare.

«Un bravo ragazzo, senza dubbio. Non mangi nemmeno piante? Anche quelle sono degli esseri viventi. Oppure aspetti che muoiano spontaneamente prima di ingerirle?» ora ho tre paia di occhi puntati addosso. Quelli di Milly si divertono, quelli di Tyre sono spiazzati e quelli di Crystal mi inceneriscono.

«No, quelle le mangio anche fresche» dice mentre finiamo le nostre pietanze.

«Ah bene, pensavo campassi di aria.»

«Cosa vendi di interessante nel tuo stand, Tyre?» è Crystal a cambiare argomento. Un colpo agli stinchi mi ridesta.

«Ahia!» mi massaggio la gamba.

«Oh scusami Roy, stavo accavallando le gambe, non l'ho fatto apposta» enfatizza sull'ultima parola.

«Io sono un apicoltore» una frase così breve e fiera che mi arriva come un colpo allo stomaco. Credo Crystal abbia il mio stesso sgomento, le si legge in volto, ma il suo è per l'entusiasmo, non prova minimamente a nasconderlo.

«Non ci credo!» esulta lei.

«Nemmeno io.» Aggiungo decisamente scazzato.

«Quindi vendi miele, che bello!» aggiunge Milly.

«Ci mancavi solo tu» la rimprovero a denti stretti strofinandomi la barba un po' irritato da questa situazione surreale.

«Stai facendo una gara a chi piscia più lontano, Roy?» mi risponde ridacchiando e con un filo di voce, mentre Crystal chiacchiera beatamente con Tyre.

«Scusatemi un minuto» dico mentre mi alzo per andarmi a schiarire le idee. Entro nelle toilette e riflesso allo specchio vedo un uomo che non riconosco. Mi sciacquo il viso e cerco di riprendermi un po' dalla gelosia che si insinua nello stomaco attanagliandomi le viscere.

Lui è un bravo ragazzo come lei, gentile e apicoltore.
Sono perfetti insieme.

Ed io mi devo fare da parte cercando di togliermela dalla testa alla svelta.

Torno in sala e vedo Milly ballare con Tyre. Qualcosa non quadra.

«Ehi Roy, dalla cameriera ho fatto togliere quella lagna che c'era prima e ho proposto un po' di musica per noi.»

«E cosa state facendo?»

«Non si vede? Lo sto facendo ballare perché Crystal non è capace; piuttosto tu saresti perfetto per far fare due passi a lei.»

«Oh, non ci penso nemmeno» risponde Crystal ancora seduta.

E io faccio l'unica cosa che dovrei evitare.

«Vieni» le dico con il mio solito tono imperativo, tendendole la mano.

Lei esita qualche istante, ma i nostri occhi parlano da soli. E se ne stanno dicendo di tutti i colori. Poi la afferra, come sempre.

La sovrasto con il mio respiro e cingendola per i fianchi l'avvicino al mio bacino. I suoi occhi grandi e blu sono più sgranati del solito e le guance cominciano ad imporporarsi. Le sorrido dolcemente e ricambia rilassandosi un po'.

Balliamo la bachata con la canzone *Lonely* di DJ Tronky, coinvolti in questa danza, come al nostro solito. Lei si lascia guidare più delle altre volte. La sento più disinibita.

«Ti fidi di me, Crystal?» le domando mentre con un braccio le cingo la vita.

Un *sì* appena mormorato è tutto ciò che dice prima di lasciarsi andare completamente sotto il mio tocco.

Non c'è più nessuno.

Siamo in una bolla intima.

Solo noi due.

Lei ancheggia sinuosa sotto al mio tocco, e mi manda

fuori di testa.

La accarezzo con una mano sul fianco e l'altra dietro la nuca. Le sciolgo il fiocco che reggeva uno chignon perfetto. La lunga e folta chioma chiara le ricade sulla schiena solleticando le mie mani, mentre con un movimento del polso la guido invitandola a roteare la testa.

I nostri movimenti si fanno sempre più decisi, sinuosi, i nostri corpi si avvicinano sempre più in cerca di contatto. I nostri occhi si spogliano a vicenda e le nostre bocche bramano desiderio. Ci avviciniamo fronte contro fronte, respiriamo i nostri respiri, i nostri nasi si sfiorano e le nostre labbra stanno per baciarsi. Ma Crystal si ridesta in tempo. Per fortuna almeno lei riesce a trovare un po' di autocontrollo, quello che invece fotte sempre me.

La canzone è finita e ricominciano quelle natalizie.

Crystal si passa una mano sul viso in fiamme e va al tavolo per bere un bicchiere di acqua. Io resto impalato, sto ancora cercando di togliermi dalla testa il ricordo della sua bocca sulla mia, delle nostre lingue che danzano come i nostri corpi bollenti e dei suoi capezzoli così turgidi da spiccare in quel seno importante.

«Dannazione!» impreco a voce alta mentre mi passo una mano sulla testa rasata.

«Wow amico, questo era il ballo più erotico che io abbia mai visto.» Milly mi dà una pacca sulla spalla mentre cerco di scacciare quei pensieri chiedendo alla cameriera un rum. Doppio.

«Ti prego, non aggiungere altro» replico perentorio.

«Roy, voi due insieme siete un'esplosione di elettricità.»

«Noi due insieme siamo sbagliati.»

«Voi due siete compatibili eccome invece, c'è una chimica pazzesca. È palpabile.»

«Con Crystal l'attrazione non serve a niente. Non è una ragazza per fare follie una notte e basta. Lei cerca il vero amore, io no.»

«E tu sei sicuro di disdegnare ancora una storia seria?»

«Cosa potrei mai dare ad una ragazza così? Lui è il suo tipo ideale» ribatto indicando Tyre che chiacchiera al tavolo con lei.

«Ti assicuro, caro amico mio, che anche se quello potrebbe sembrare l'uomo perfetto per lei, non lo è affatto.»

«Come puoi dirlo?»

«Basta guardarvi, i vostri occhi si cercano sempre.»

«Ma lui crea il miele che lei ama follemente. La farà sciogliere con il suo asso nella manica: le api. Ne sono certo» rispondo amaramente e scoglionato.

«Roy, Roy» sorride mentre mando giù il rum assaporandolo un po' alla volta, «ti facevo più perspicace.» E con una pacca mi invita ad alzarmi dallo sgabello del bancone.

«Andiamo dai, lo spettacolo lo abbiamo dato e dopo aver visto voi due mimare un atto sessuale, tutti i clienti quando torneranno a casa avranno voglia di ballare, ne sono sicura.»

«Maliziosa!» la rimprovero.

«Mai quanto te» ridiamo e ci avviciniamo a Tyre e Crystal che si stanno salutando.

21 - CRYSTAL

Ho appena salutato Tyre e Milly e ora mi trovo in macchina con Roy.
Il perché vado a finire sempre per stare con lui non lo so ancora.
Loro dovevano andare via, noi dovevamo tornare al cottage ed ecco che al suo *vieni con me* l'ho seguito, come un automa.
Sono ancora amareggiata con lui, ora più che mai. Perché dopo essere stata male per Clo mi ha confusa e denudata ancora di più facendomi ballare davanti a tutti. E dio solo sa quanto mi vergogno di fare queste cose in pubblico, soprattutto se il ballo si trasforma in qualcosa di più intimo e per giunta sotto gli occhi della sua spasimante e del ragazzo che vorrei decisamente cominciare a frequentare.
Tyre è così gentile e dolce, ama la natura e i gatti, ne ha ben tre. E poi è un apicoltore, direi di aver trovato finalmente un ragazzo posato, serio e con il quale potrebbe nascere una storia importante, chissà, magari il vero amore che tanto sogno e bramo è vestito in modo semplice come lui. Anziché presentarsi in quei pantaloni stretti e quelle camicie sbottonate che usa Roy, con tutta quella *roba* eccentrica che si appende addosso. Collane, braccialetti, anelli, orecchini, cappelli, e quel ghigno che si intravede tra la barba lunga e curata.
"Santo cielo! L'uomo giusto per me non poteva di certo presentarsi così. Troppo appariscente."

«Stai pensando al nostro ballo, non è vero?» è lui ad interrompere il silenzio.

«Per fortuna no, l'ho già rimosso» rispondo aspra e mentendo spudoratamente.

Sorride malizioso, ogni tanto mi guarda con la coda dell'occhio.

«Stavo pensando a Tyre, in realtà» o meglio, mi impongo di pensare a lui, vorrei aggiungere.

«Certo, dimenticavo che quel ragazzo rispecchia perfettamente il tuo uomo ideale» ma il suo tono più che sincero, sembra canzonatorio. «Peccato che non ti faccia tremare le gambe e le mani, che non ti faccia schizzare il cuore fuori dal petto e non ti faccia venire voglia di baciarlo, soprattutto dopo il tortino alle cipolle...»

Confermo, il suo tono è decisamente derisorio.

«Cosa ne sai tu di come mi sento e di ciò che voglio?» asserisco punta sul vivo.

«Crystal, ti conosco solo da poche settimane ma ormai sei un libro aperto per me» la sua affermazione, seria stavolta, mi spiazza.

Lo vedo armeggiare con i riscaldamenti della macchina, il freddo oggi è pungente, e il cielo ormai coperto sembra pronto a far esplodere fiocchi di neve da un momento all'altro. Continuo a guardare fuori dal finestrino evitando del tutto il suo sguardo inquisitore.

«Vogliamo parlare della tua compagna invece? Eravate molto uniti, affiatati oserei dire, quando siamo entrati nel ristorante.» La frase mi esce più infastidita di quanto volessi dimostrare, tanto da pentirmene subito dopo.

Ride.

«Sei gelosa, allora. Milly è un'amica d'infanzia, se ti

fa stare più tranquilla saperlo.»

«Non sono gelosa proprio di niente. Ci mancherebbe. Sarei stata felice per te, d'altronde siamo amici, no?»

«Non lo so, dimmelo tu. Siamo amici?»

«Certo. Anche se gli amici non mi distraggono a tal punto da farmi perdere di vista le cose davvero importanti, come Clo ad esempio.»

«E la tua compostezza... gli amici non ci riuscirebbero» parcheggia la macchina in una stradina vicino casa e spegne il motore.

«Noi possiamo essere solo amici. Non abbiamo nulla in comune. E poi, mi hai fatto perdere dieci anni di vita quando Clo è scappata dal cottage» gesticolo animatamente, la mia voce non ammette repliche.

Ci rinuncia e scende dalla macchina lasciandomi imbambolata, ci resto quasi male a non continuare i nostri battibecchi.

Esco dalla macchina anche io e me ne torno a casa, ma per non seguirlo lo supero a passo svelto. Quando mi trovo sul ponticello vedo da lontano un peluche bianco, ma anche se non si tratta di Clo, esulto.

«Destiny!» urlo e le corro incontro. Non riesco a spiegare la gioia incontenibile.

«Amica mia, mi mancavi troppo ed eccomi qua!» dice mentre ci stringiamo in un abbraccio.

«Non hai idea di quanto sia felice di vederti, ma soprattutto di averti qua» dico commossa per l'emozione.

«Ma questo super figo è il famoso Roy?» mi sussurra a denti stretti mentre lo osserviamo avvicinarsi con quella camminata che lo rende ancora più sexy di quanto non sia già. Scaccio l'ennesimo pensiero indecente che mi sfiora ogni volta in cui penso a lui.

«Mia cara Destiny, ti presento Roy, il mio datore di lavoro» faccio le presentazioni una volta che ci ha raggiunte.

«Roy, il famoso cioccolatiere dalle *mani d'oro*» gli sorride affabile marcando decisamente sulle ultime parole, «e l'esperto ballerino di bachata...», continua e sono certa dentro di sé mi stia maledicendo per non essergli ancora saltata addosso.

«Wow, quanti complimenti in una sola volta. Sai, relazionandomi solo con Crystal non sono più abituato agli apprezzamenti» risponde il narcisista.

«Conosciamo entrambi Crystal e sappiamo che non è disposta ad uscire dalla sua comfort zone. Piuttosto si pesterebbe i piedi da sola pur di non camminare su un terreno sconosciuto.»

«Già. O forse i complimenti li riserva solo a quelli che la fanno sentire più al sicuro. Perché si sa, l'ignoto fa paura, soprattutto a quelle composte e troppo serie come lei.»

«Ehi, mi vedete? Parlate di me come se non fossi presente. Beh, ci sono anche io!»

«Parliamo di te apertamente, cosa che tu non fai mai per nasconderti dietro chissà quale facciata. È diverso.»

«Vero Roy. Dovrebbe cominciare ad ammettere un po' di più quello che pensa realmente, invece di nasconderlo anche a sé stessa» rincara la dose la mia amica che sembra essere venuta per cazziarmi.

«Vedo che siete già buoni amici, mi fa piacere, anche perché siete tali e quali.»

«E tu fai troppo la principessina!» dicono all'unisono.

Sono senza parole.

«Visto che vi siete coalizzati contro di me, io me ne torno dalla mia gatta che, a quanto pare, è l'unica a capirmi» faccio una smorfia di disappunto ed entro nel cottage.

Poco dopo Destiny mi raggiunge.

«Crystal, Roy mi ha detto che posso restare quanto voglio qui da te, è così gentile e divertente, un tipo davvero brillante non fa di certo annoiare.»

«Oh, questo è poco ma sicuro. Io vorrei tanto annoiarmi invece, piuttosto che avere sempre a che fare con lui, mi prosciuga energie.»

«È diventato un bel grattacapo per te eh? È la prima volta che ti vedo arzilla e pronta ad uno scambio animato. Di solito cerchi sempre ragazzi che sono noiosi e peggio di te.»

«Grazie per i complimenti amica mia, mi mancavano.»

«Crystal, apri gli occhi. Ha un fascino da far paura, un look particolare e attraente, e quella lingua tagliente che dovrebbe solo stuzzicarti…»

«Beh, allora perché non ci esci tu? Io ci ho provato ma non siamo compatibili.»

«Magari compatibili no, ma complementari sì.» Afferma ostentando sicurezza mentre si accende una sigaretta vicino al camino ancora spento.

«Io ho già trovato un ragazzo da frequentare e ho constatato che mi dà una certa tranquillità passare del tempo con lui.»

«Mmh… immagino che palle, un altro noioso e pigro come te, tutto gatti, tè, film e miele. Come se lo avessi già conosciuto.»

«Come fai a saperlo?» dico sorpresa dalla sua perspicacia.
«Pff... perché sei un libro aperto.»
«Anche tu con questa storia!»
«Se te lo ha detto anche Roy, dopo sole poche settimane, ritieniti fortunata Cry. Molto fortunata!»
«Tyre è un bravo ragazzo.»
«Non lo metto in dubbio, ma a te i bravi ragazzi piacciono solo perché te lo imponi.»
«Non è vero, mi fanno stare tranquilla.»
«Tranquilla non va di pari passo con batticuore. E sono sicura che questo bravo ragazzo di cui parli, non ti fa scalpitare il grande cuore che hai, come ci riesce qualcun altro.»
«Destiny, ti sei persa tante cose.»
«E allora raccontamele.»

***

Stiamo ancora chiacchierando quando si fa sera, la legna arde nel camino e fuori inizia a fare buio. Roy è andato alla cioccolateria, a me ha detto di restare con Destiny per aiutarla con le valigie.

Ci siamo fatte scorpacciate di biscotti per lei e miele per me. E una teiera a fiorellini azzurri ancora fuma sul tavolino.

Clo dorme accoccolata sulle gambe della mia amica che la accarezza affettuosamente, ed io ho avuto tempo a sufficienza per raccontarle tutto.

È la mia migliore amica e avevo davvero bisogno di confidarmi con lei e ora mi sgrida come fossi una bambina.

«Crystal, devi chiedergli scusa. Lo descrivi sempre come un insolente, invece è stato così gentile e amorevole ad aiutarti con la ricerca di Clo, se non fosse stato per lui, quel Tyre non avrebbe mai visto il foglio appeso al palo e stai sicura che nessuno ti avrebbe riportato indietro la tua gatta» è così seria che mi sento invadere da un forte calore per l'agitazione. Il senso di colpa prende il sopravvento.

«Hai ragione. Non oso immaginarmi senza Clo, mi sono sentita morire.»

«Appunto. Tyre è stato educato e gentile. Ma il primo grazie lo devi a Roy. Non capisco perché ti sei intestardita così tanto, quasi non ti riconosco.»

«Non lo so, forse ho paura.»

«Di cosa?» mi guarda intensamente mentre sorseggia dalla sua tazza.

«Vado a scusarmi con lui, allora. L'ho sentito rientrare poco fa» le dico sviando la domanda alla quale devo ancora trovare una risposta.

«Così ti voglio!» mi dice mentre busso alla porta comunicante.

Poco dopo Roy apre e quando lo vedo mi manca l'aria. Bello, ma nel suo sguardo leggo delusione.

«Dimmi.» La sua voce bassa è poco udibile.

«P... posso entrare? Volevo parlarti» balbetto in preda all'agitazione.

Mi fa cenno con la mano di accomodarmi, ma quando entro sento provenire dallo stereo canzoni latine e vedo una donna con vestiti troppo leggeri per le basse temperature di dicembre, trucco impeccabile e tacchi vertiginosi mentre si accomoda sul divano accavallando le lunghe gambe.

"Mi sento una caccola in confronto. Una ragazzina uscita dalla scuola e che ha perso il nastro per i capelli. Un' adolescente che ha preso la prima sbandata per il bello e irraggiungibile del liceo."

Guardo lui, bello e dannato e lei così sensuale e donna e mi sento terribilmente fuori luogo.

«Scusami, io non immaginavo... ne parleremo un'altra volta» faccio per andarmene ma lui mi blocca con una presa decisa, ma non stretta. I miei occhi si fermano sulle sue dita piene di anelli ancorate al mio polso. Lui invece mi guarda fisso negli occhi.

«Invece ne parleremo ora.»

«Roy, se hai da fare rimandiamo ad un'altra volta» le fa eco la sventola che si sta infilando la pelliccia.

«Sì, ho da fare. Scusami.» Le risponde senza nemmeno guardarla, senza staccare gli occhi dai miei.

Il cuore mi martella nel petto quando realizzo che ora siamo soli, ha chiuso anche la porta comunicante.

«Non dovevi mandarla via per me, non volevo rovinarti la serata.»

«Ed io non volevo rovinarti il pranzo oggi.»

Ma nonostante tutto sappiamo entrambi che, invece, desideravamo ardentemente allontanarli da noi.

«Di cosa volevi parlarmi?» chiede lasciandomi il polso.

«Ecco io... volevo scusarmi.»

«Tu che vuoi porgere delle scuse a me?»

«Si Roy, volevo ringraziarti per quello che hai fatto per me e per Clo, e scusarmi per averti accusato di colpe che non hai. Tra l'altro ripensando a quella sera, sono stata io a lasciare accidentalmente la porta aperta quando ti ho preso per mano per andare a guardare l'albero insieme.»

«Lo so.»

«Ti davo colpe solo perché in questi ultimi tempi sono più distratta, più pensierosa, più complessata del solito.»

«Più innamorata. Sei solo più innamorata, anche se non vuoi ammetterlo» le mie guance vanno in fiamme e sono pronta a ribattere per l'ennesima volta, perché proprio non accetto di farmi spogliare così emotivamente da lui. «Ma non sei la sola» aggiunge dandomi il colpo di grazia.

La sua frase mi stordisce, proprio come il suo profumo che ho continuamente sotto il naso.

«C... cosa vuol dire?» domando frastornata e disorientata.

«Voglio dire che anch'io sto vivendo le stesse sensazioni, mi sento spaesato», sorride a disagio, «non ci capisco nulla, non mi sono mai interessato così ad una ragazza. Non mi sono mai innamorato. Ma ho capito che stavolta è diverso proprio dalle sensazioni che mi avevi descritto quella sera in cui abbiamo ballato il lento da te.»

Mi prende il viso tra le mani e mi accarezza dolcemente. I nostri occhi non ne vogliono sapere di staccarsi e forse anche i nostri cuori non sono interessati ad allontanarsi.

«Crystal», fa una breve pausa mentre mi accarezza i capelli, «forse mi sto innamorando di te...» lo dice tutto d'un fiato, come se a quella velocità le insicurezze venissero meno. Io mi aggrappo alle sue mani così mascoline e stuzzicanti che la voglia di sentirle addosso si fa sempre più potente.

«E forse io di te...» la mia risposta arriva dopo attimi di silenzio e respiri che cominciano a farsi irregolari per l'agitazione.

Lo stereo sta continuando a trasmettere le canzoni che in queste ultime settimane abbiamo ballato insieme, poi arrivano delle note provocanti e leggere e riconosco *Pobre Corazòn,* ed io con Roy così vicino non capisco più nulla.

«Baciami!» socchiudo le labbra e al mio invito mi ritrovo la sua bocca premere sulla mia.

Mi aggrappo più forte, lui percepisce la mia presa ferrea e si lascia andare premendo il mio corpo al suo.

La sua lingua mi schiude la bocca in cerca della mia e quando la trova si insinua in una danza sensuale come quella che ci ha coinvolti inaspettatamente in pubblico.

La sua mano dietro la nuca mi invita a roteare in modo voluttuoso la mia chioma che ricade lungo la schiena e i miei seni, mentre con le gambe eseguiamo alcuni brevi passi accennati. Le sue mani continuano ad esplorare il mio corpo, dai fianchi risalgono afferrando la mia maglietta e sfilandomela. Le sue labbra mi cercano ancora, ma fa delle pause, staccandosi di tanto in tanto per guardare il mio viso arrossato e bramoso di desiderio. Mentre mi fa ondeggiare i fianchi fa cadere a terra la gonna e con essa le calze ricamate. Si morde un labbro mentre mi osserva voglioso e un formicolio al basso ventre mi sorprende. Fa ondeggiare anche la mia schiena in un movimento e mi fa inarcare verso di lui, mi sbottona il reggiseno che cade sul pavimento.

«Tu mi fai impazzire, Crystal, in tutti i sensi» la sua voce roca mentre mi stuzzica orecchio e collo mi provoca brividi su tutto il corpo. Ed io impazzisco per lui, inutile reprimerlo e continuare a far finta che non sia così. Finisco di sbottonargli la camicia e comincio a baciare il suo collo, mi solletica con la barba così scura e fitta, mi provoca un'altra scossa di eccitazione tra le gambe. Ancora in piedi, mentre avvinghiati ci strusciamo in passi ormai sconclusionati e improvvisati, si fionda sui miei seni, li raccoglie con le mani grandi, ma non abbastanza per contenerli e un mugolio di piacere sfugge ad entrambi quando le sue labbra accolgono i miei capezzoli turgidi. L'eccitazione è così forte che poco dopo ci ritroviamo a terra, sul tappeto di fronte al camino acceso che ci illumina con le fiamme ardenti come i nostri corpi affamati l'uno dell'altro.

Le sue carezze sono gentili ma decise.

I suoi baci famelici.

I suoi occhi carichi di desiderio.

Quando mi sfila le mutandine sono già pronta ad accoglierlo per godere di un piacere mai provato.

Il suo corpo si unisce al mio, ora siamo una cosa sola.

I nostri battiti accelerati sono la prova di una sensazione unica per entrambi.

È riuscito a spogliarmi di tutto, anche della diffidenza nei suoi confronti.

22 - ROY

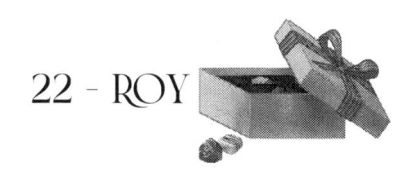

Sono qui di fronte al camino acceso mentre osservo Crystal addormentata, ho indossato solo i pantaloni e sono rimasto a dorso nudo beandomi del calore delle fiamme. Mi riempio il bicchiere da liquore con un dito di rum, stacco un quadratino dell'ultimo fondente che ho creato in questi giorni e mi risiedo sul tappeto al suo fianco. Le ho appoggiato un plaid addosso e, mentre giocherello con le mie collane e gli anelli, mi perdo nei pensieri che ultimamente mi assorbono completamente.

Pensieri rivolti ad una donna. A questa donna. Che mi ha totalmente stregato, sconvolto, mi ha fatto venire quella fottuta voglia di frequentare una ragazza per più di una semplice notte di sesso, quel sesso che non lascia niente se non una soddisfazione momentanea e passeggera.

Credo che stavolta abbiamo deposto entrambi le armi.

Non serve ostinarsi a tenerci a debita distanza, non serve quando uno ha bisogno dell'altro, quando il desiderio è dirompente e la voglia di conoscersi va oltre.

Con lei sarei disposto anche a guardare quei ridicoli film d'amore.

Sarei disposto a ballare non solo canzoni sensuali, ma anche romantiche.

Sarei disposto a portarla ovunque perché mi fa stare bene, con lei mi diverto ed è un continuo stimolo.

Nei ristoranti, a ballare, al cinema, mi basta avere la compagnia della sua dolcezza, la sua espressione a tratti ingenua e disorientata che mi scruta, e quella stizza che si impone di rivolgermi, ma che lei non sa ancora quanto mi fa impazzire.

Sorrido prima di finire le ultime gocce di rum e mangio un pezzetto di fondente scuro, amaro e deciso.

«Perché stai sorridendo?» la voce assonnata di Crystal mi distrae dai pensieri. La guardo e mi perdo con gli occhi sulle sue labbra gonfie e arrossate dai nostri baci. Gli occhi di un blu intenso, così scuro che sembra un mare in tempesta.

«Perché sto bene, e stavo pensando a te, a noi» la vedo sbarrare gli occhi e farsi prendere da un'ondata di panico.

«Io... devo andare. Ho lasciato Destiny da sola di là» cerca di radunare le sue cose e si riveste velocemente per non farsi guardare.

Sta scappando, come ogni volta in cui cerchiamo di avvicinarci, come ogni volta che tra di noi succede qualcosa.

Non vuole accettarlo e non capisco perché si ostini a mettere le distanze. Io e lei non potremmo mai essere solo due amici.

«Crystal, aspetta» dico in un sussurro mentre la fermo.

Lei alza lo sguardo e la vedo destabilizzata.

«Non scappare di nuovo. Non allontanarmi ancora.»

«Io sogno l'amore e tu ti concedi solo avventure, come quella donna che era qui poco fa. Cosa potrebbe mai uscirne fuori, se non un disastro? Roy, questo è tutto sbagliato. Noi siamo sbagliati.»

«Quella donna era qui per dei passi di ballo, viene al mio stesso corso e aveva perso alcune lezioni. E poi chi lo dice che è tutto sbagliato? C'è una giuria a giudicare cosa siamo?»

«Cosa potrebbe esserne di noi? Pensaci! Io e te siamo troppo diversi, i nostri sogni sono diversi, gli ideali, le ambizioni, insieme stoniamo» dice in tono quasi rassegnato.

«Stoniamo?»

«Già, stoniamo come miele sul fondente! Te lo immagini come abbinamento? Perché io credo che ci siano poche cose che proprio non riescono ad amalgamarsi, questa è una di quelle.»

Stavolta è il mio sguardo ad incupirsi.

«Come puoi dirlo? L'hai mai assaggiato?»

«Assolutamente no! Sarebbe così... stucchevole? Aspro? Non lo so, ma non mi ispira nulla di buono.»

«Hai ragione» asserisco.

«Vedo che almeno su qualcosa la pensiamo uguale.»

«Ma se si aggiunge un pizzico di sale diventa qualcosa di unico. E a noi quel pizzico di sale non manca di certo. A dirla tutta sembrerebbe non mancare nemmeno del pepe...» sorrido allusivo e determinato a farle capire che nulla è impossibile, se lo si vuole.

La vedo assorta, sta pensando.

«Stai dicendo che quella sera mentre mettevi il pizzico di sale nella mia cioccolata era per bilanciare proprio...»

«Per bilanciare noi due.»

La vedo sorridere e quelle fossette sulle guance mi inteneriscono.

«Mi sembra che ti fosse piaciuta quella cioccolata, giusto?»

«Oh sì, anche se non vado pazza per il fondente ricordo di averla gustata con piacere.»

«Volevo prepararti una bella cioccolata, ma in casa ho sempre e solo del fondente, quindi quella era l'unica soluzione, poi mi è venuta l'idea di aggiungere un po' del tuo miele.»

«Vuoi dire che un cioccolatiere come te, non mangia dolci?» la sua espressione sgomenta mi fa ridere di gusto.

«Proprio così! Assaggio per poter lavorare bene i cioccolatini, ma mangio solo fondente perché mi piace accompagnarlo al rum che degusto di tanto in tanto.»

«Ecco perché da quando ci sono io mi fai sempre fare gli assaggi» le sue labbra si distendono in un sorriso.

«Ora ho capito che mi sei davvero di aiuto Crystal, anche nel lavoro. Ma non solo...» lascio la frase a metà.

«Ma io sto imparando adesso questo mestiere come potrei mai esserti di aiuto se non per mescolare, riempire stampini, e...»

«Nell'ispirazione Crystal!»

«Cosa?»

«Da quando sei sbucata nella mia vita ho ritrovato l'ispirazione persa da tempo. Ormai mi limitavo a fare le solite ricette tramandate di generazione in generazione, ma non sono più riuscito a crearne di nuove. Poi sei arrivata tu, con il tuo mondo fatato e colorato, il tuo romanticismo, la tua ingenuità, la tua dolcezza...»

«Roy, stai dicendo sul serio?»

«Mai stato più serio, puoi starne certa Miss!» e ridiamo all'unisono.

«È per questo che la notte invece di dormire, uscivi e andavi in cioccolateria?»

«Sì, con te qui ho difficoltà a dormire perché la mia

testa è sempre invasa da continui pensieri, allora ho cercato di renderli reali, tutto ciò che pensavo di te lo riversavo in quei cioccolatini che ti ho fatto assaggiare passo dopo passo.»

La vedo, gli occhi commossi e la voce addolcita.

«Sono senza parole. Non so che dire.»

Le accarezzo una guancia delicata e rosea e le lascio un bacio sulla fossetta dolcissima.

«Dimmi solo che ti lascerai andare anche nei sentimenti e che ti fiderai di me. Io voglio provare a renderti felice perché quando ridi il mio cuore scoppia di gioia, e voglio provare ad essere un motivo in più per le tue risate, anche se questo richiede continuare con i nostri battibecchi, con le nostre provocazioni, anche se questo richiede continuare ad essere semplicemente noi stessi.»

«Mi stai forse facendo una dichiarazione d'amore? Tu, il cinico e spavaldo ballerino?» ride ancora ed io con lei.

«Beh, sicuramente mia nonna non crederebbe alle sue orecchie nel sentirmi parlare così.»

Mi passo le mani sul viso imitando un gesto di disperazione.

«Invece Winter aveva già capito tutto prima di noi.»

«Sarebbe felice anche lei di vederti al mio fianco, credo non mi abbia mai visto così preso» mi imbarazzo per la prima volta.

«È imbarazzo quello che vedo sul tuo viso?»

«Ehi Miss, non infierire, ti prego!»

Ridiamo ancora una volta e mi butta le braccia al collo.

Non credo a quello che vedo. Spero non sia solo un

sogno, ma quando le cingo la vita con le mani, affondando il viso nell'incavo tra spalla e collo, inspirando quel suo dolcissimo profumo di miele e vaniglia, allora ho la certezza sia tutto reale.

23 - CRYSTAL

Sono passati diversi giorni da quella sera in cui io e Roy ci siamo spogliati di tutto, non solo degli indumenti.

La mia amica Destiny è rimasta qui perché ci tiene a festeggiare il Natale con me ed io non potrei essere più felice. Un Natale che è arrivato in un lampo, portando con sé tante novità.

Stasera, qui a *Bourton on the water*, ci sarà l'accensione dell'albero, sono così emozionata. Questo è il periodo più magico dell'anno e se lo è per me, nonostante fosse iniziato con il piede sbagliato, allora può esserlo anche per tante altre persone.

È per questo che, aiutata da Destiny, ho pensato ad una bella sorpresa.

Intanto stiamo lavorando da *Only Choc* per le ultime consegne, e il lavoro è stato così tanto e intenso che si è unita a noi anche la mia amica proprio come un elfo aiutante di Babbo Natale nel suo laboratorio.

Ormai è sera e siamo tutti e tre davanti alla vetrata che abbiamo addobbato con lucine scintillanti, mentre Roy appende il cartello di chiusura ferie in vetrina.

Ci sorridiamo soddisfatti per il lavoro svolto e ci avviamo fuori.

Io e Destiny chiacchieriamo senza farci sentire da lui che ci sta conducendo nella via dell'evento.

Da vere complici ci scambiamo un segno e lei fa uno squillo con il telefonino.

Per la cronaca io non ne ho ancora uno e ho scoperto

di non averne più tanto bisogno, le persone che mi fanno stare bene le ho vicine, tranne i miei che sono lontani, ma che sento con i telefoni altrui.

Cerco di non pensare alla lontananza della mia famiglia per non rattristarmi.

Siamo i primi ad arrivare. Il viale è lungo e largo, fiancheggiato dal fiume che scorre placido sotto diversi ponticelli bassi tipici di questo villaggio che sembra trasportarci dentro una favola.

È buio. Per via dell'accensione dell'albero ci sono solo le illuminazioni delle abitazioni a fare da cornice al paesaggio incantevole.

Poco dopo ci raggiunge Winter, ha solo il viso scoperto per ripararsi dal freddo.

Ci abbracciamo e vediamo in lontananza altre persone camminare nella nostra direzione. Lo stupore sui volti di Roy e della nonna ci confermano di aver fatto centro.

Winter ha il viso rigato da lacrime di commozione mentre abbraccia sua nipote Cherry, suo figlio e sua nuora.

Roy sembra scosso, anche lui visibilmente emozionato. Stringe la sua famiglia e a vedere i loro sorrisi anche il mio cuore sente una morsa.

Non faccio in tempo a pensare alle mie mancanze che qualcuno bussa alla mia spalla.

Mi giro e le lacrime iniziano a bagnare anche il mio volto.

«Mamma? Papà?» esclamo sorpresa mentre li stringo.

«Tesoro, non potevamo passare il Natale lontani, e così grazie a Destiny eccoci qua tutti insieme» mia madre indica due persone dietro di loro, sono venuti in compagnia dei genitori di Des.

Abbraccio la mia amica.

«Sei la migliore amica che si possa avere. E io sono davvero fortunata.» Le confido in un orecchio mentre la stringo.

«E io sono fortunata ad avere te» sussurra con la voce rotta dall'emozione.

Ci asciughiamo le lacrime a vicenda ridendo come due bambine.

Tutte le famiglie sono riunite, e mentre continuiamo a stringerci, ci rendiamo conto che la strada si è riempita di persone impegnate nel countdown, ci uniamo a loro ed ecco che a fine conteggio, un immenso abete si illumina a festa, proprio lì, in mezzo al fiume, dove le acque riflettono le luci colorate.

"Non credo ai miei occhi! Uno spettacolo come pochi."

«Ti piace, Miss?» è Roy che mi sussurra in un orecchio. Mi giro a guardarlo e i suoi occhi scuri brillano emozionati.

«Non avrei mai immaginato di vedere un grande albero di Natale in mezzo alle acque di un fiume, è meraviglioso» mi perdo un'altra volta a guardare le mille luci mentre attorno a noi le voci delle persone si fanno sempre più sonore insieme a risate e gridolini di gioia.

Iniziano tutti in coro ad intonare la canzone *Rockin' Around The Christamas tree* di Brenda Lee e Cherry inizia a ballare con dei passi swing, tutti ridiamo e Roy mi fa una carezza. Riporto gli occhi nei suoi e ci sorridiamo un po' imbarazzati e commossi.

«Crystal, sei riuscita a sorprendermi un'altra volta.

Grazie per quello che hai fatto per me, per nonna e per tutta la mia famiglia. Sei riuscita in un'impresa ardua, riunirci tutti per le feste» mi accarezza i capelli e mi posiziona meglio il cappello rosso prima di continuare, «hai reso questo Natale diverso, magico per la prima volta dopo tanti anni», mi confida commosso.

«Non ho fatto nulla di così impegnativo Roy, vi ho solo aiutati a realizzare ciò che desideravate tutti da troppo tempo.»

Poi la sua mano si intreccia alla mia guantata e mi trascina dolcemente con lui fino ad avvicinarsi agli altri che hanno già fatto le presentazioni e sembrano impegnati in piacevoli e sorridenti conversazioni.

Abbraccio Cherry con affetto ringraziandola per il suo aiuto nella riuscita della sorpresa, poco dopo la voce di Roy cattura la nostra attenzione.

«Benvenuti a tutti. Volevo presentarmi per chi non mi conosce e presentare lei alla mia famiglia. Io sono Roy, un semplice cioccolatiere che si diverte a ballare la bachata nel tempo libero, e che proprio ballando, grazie a Destiny che avrà sempre la mia stima...» ridiamo, «dicevo, e che proprio ballando qualche settimana fa in un locale di Londra, ho avuto la fortuna di conoscere Crystal.» Alza le nostre mani intrecciate e le mie guance vanno in fiamme. «Lei è arrivata come un fulmine a ciel sereno, o sarebbe meglio dire come un ladro visto come è andata la prima notte qui», ridiamo ancora mentre racconta dell'incidente nella legnaia, «ma giorno dopo giorno ha portato una ventata di aria fresca e di colore nella mia quotidianità. Con lei al mio fianco non mi annoio mai e ho ritrovato l'ispirazione persa da tempo, di questo la mia famiglia può darne conferma, e poi mi ha letteralmente fatto perdere la testa», stavolta il suo tono si fa più caldo e intenso, ora le mie guance hanno preso esattamente il colore del cappello.

E così, mentre nel villaggio Frank Sinatra canta in filodiffusione, nel mio petto il cuore balla a ritmo di bachata.

«È un piacere conoscerti Roy» dice mio padre seguito dal resto della famiglia.

«E per noi conoscere te, Crystal» aggiungono i suoi familiari.

«Beh, adesso che abbiamo fatto le presentazioni e che finalmente questi due hanno smesso di giocare alla volpe e il lupo mettendosi insieme, andiamo a casa per continuare a festeggiare questo Natale indimenticabile!» è Winter a farci ridere mentre si avvia verso il cottage.

Camminiamo mano nella mano, non mi sono mai sentita a casa come adesso.

Osservo Roy di profilo, il suo sorrisetto sghembo appena accennato, la barba lunga, scura e curata mi fa venir voglia di accarezzarla e giocarci. E quel suo look inconfondibile con la coppola sempre calcata sulla testa rasata.

Attraversiamo tutti in fila indiana il ponticello che ci porta a casa e che la sera del mio arrivo mi ha vista fare una bella scivolata. Roy da dietro cerca di farmi prendere paura facendo finta di spingermi nell'acqua con una mano, mentre mi sorregge con l'altra.

«Smettila, o mi farai cadere come quella sera.»

«Veramente quella sera sei caduta da sola per colpa di quelle babbucce che ti ostini a mettere ai piedi.»

«Sono ballerine e non babbucce.»

«Ballerine indossate da una che non balla? C'è sicuramente dell'ironia in questo paradosso» dopo aver provocato ilarità tra i nostri familiari eccolo che mi prende di nuovo per mano.

«Voi entrate pure da nonna, vi raggiungeremo tra un attimo» dice rivolto agli altri mentre si dirige verso il *nostro* cottage.

«Cosa dobbiamo fare?»

«Credo sia il momento di accendere anche il *nostro* di albero» afferma mentre mi avvicina ad esso.

«Non ho un vero e proprio regalo per te, ma ci tenevo a personalizzare l'albero ancora spoglio e vestito solo di luci» lo accende e mi indica di avvicinarmi.

«Non ci posso credere.»

Con mio stupore noto che tutte le decorazioni appese sono i nuovi cioccolatini che Roy ha creato in questo periodo e che non ha ancora messo in commercio.

«Ma questi sono *quei* cioccolatini!»

Si avvicina e mi cinge la vita da dietro le spalle, mentre con le dita sfioro quei gusci di cioccolato di ogni forma e colore.

«Questi sono i *nostri* cioccolatini, Crystal» sussurra provocandomi un brivido lungo la schiena.

Ci sono tutti: quello rosa a forma di fiore, giallo a forma di ape, quello con le onde color caramello, un fiocco di neve bianco creato la notte in cui Clo si è allontanata da casa e tanti altri.

«E questo?» domando a Roy prendendone in mano uno mai visto.

«Questo è l'ultimo della nuova collezione.»

«È la forma di un cristallo?»

«Esatto. Una gemma preziosa, un diamante o un cristallo, possiamo chiamarlo come vogliamo, ma credo di dargli il tuo nome, sarebbe perfetto.»

«Vedo con piacere che quando vuoi i nomi li ricordi» lo derido mentre sorride furbo.

«Il tuo l'ho sempre ricordato e questo è stato il mio primo campanello d'allarme, Miss!» ride ancora.

Stacca da un ramo quel cioccolatino di un blu ceruleo e me lo porge.

«Ho cercato di riprodurre più o meno il blu intenso dei tuoi occhi che mi hanno scottato fin da subito, ma è stato difficile perché ogni giorno cambiano sfumatura e intensità a seconda delle tue emozioni.»

Le sue parole mi colpiscono in pieno petto e il cuore inizia a battere.

«Delicata e fragile come un cristallo, ma così colorata e luminosa tanto da brillare di luce propria. Assaggialo» me lo porge e quando addento quella meraviglia un liquido mi investe e un piccolo bruciore mi riscalda la gola. «Con un cuore morbido e caldo» ora la sua voce è decisamente più roca e bassa e il suo pollice mi accarezza le labbra.

«Brucia, c'è del liquore?»

«Un ripieno di cioccolato fondente con una goccia di rum perché per quanto tu voglia apparire fredda e composta, il tuo cuore è caldo e brucia per me.»

«Oh Roy! La mia compostezza l'ho persa da parecchio ormai, fidati.»

Ridiamo apertamente prima di unire le nostre labbra in un bacio caldo, carico di desiderio e promesse e proprio in quell'istante un fiocco di neve gelido mi cade sul naso arrossato dal freddo.

Ci stacchiamo lentamente e insieme rivolgiamo lo

sguardo al cielo, tantissimi fiocchi cristallini stanno cominciando a riempire il suolo intorno a noi. È la notte di Natale e sta nevicando, proprio come in quelle commedie romantiche che amo guardare o come in quei romanzi in cui lo scrittore descrive la magia del momento.

Osserviamo ancora un po' lo spettacolo; i rami alti del nostro albero di Natale cominciano ad imbiancarsi, i tetti spioventi dei cottage sembrano usciti da una fiaba così candidi, dalle finestre illuminate si intravedono famiglie riunite ed il mio cuore esplode di gioia come il mio sorriso.

«Vieni Crystal, andiamo dentro anche noi, qui fuori stiamo gelando» dice intrecciando le sue dita alle mie in un gesto imprevedibilmente dolce.

Ed io lo seguo ancora una volta.

O forse è sempre stato il mio cuore a volerlo seguire.

E stavolta lo voglio assecondare questo cuore pulsante che tanto sognava di innamorarsi.

EPILOGO
Due anni dopo

È primavera, sto passeggiando per la riserva naturale *Greystones*, dalla fattoria mi sto spostando ai piccoli laghi. Dopo una bella camminata distendo un plaid sul prato verde e rigoglioso e mi accomodo per leggere un libro. Ma la meraviglia che mi circonda mi distrae spesso dalle pagine, le libellule leggere ed eleganti sfiorano l'acqua calma, gli uccellini si rincorrono, farfalle e api si appoggiano sui tantissimi fiori in piena fioritura. Un posto che è un tripudio di colori in questa stagione.

Un venticello leggero si alza, e delle nuvole si spostano per farmi raggiungere dai tiepidi raggi del sole. Respiro profondamente e sorrido.

Sorrido sempre, soprattutto in questi ultimi due anni.

Il mio arrivo qui a *Bourton On The Water* mi ha cambiato la vita, stravolgendola a tal punto da non avere mai tempo per la noia. In verità a stravolgere le mie giornate ci pensa Roy che ha mantenuto il suo temperamento.

"Ma d'altronde, non fu proprio quello a farmi innamorare di lui?"

Il nostro rapporto così dinamico e pepato ha fatto sì che io scegliessi di restare qui. Torno a Londra solo per andare a trovare la mia famiglia e Destiny, anche se sono più le volte che me li ritrovo qui da noi o da nonna Winter. Dicono che la pace che si respira in queste campagne inglesi sia rigenerante, come dargli torto?

Oggi è un giorno importante, perché in questa calda giornata di maggio, Roy compie trent'anni. Avevo pensato di fargli una sorpresa, magari poi chiamerò Destiny

per farmi aiutare.
Il trillo del cellulare mi ridesta.
Un messaggio da Roy:

> **ROY**
> Honey, devo parlarti. Vediamoci al villaggio in miniatura che tanto ti piace.
> Ti aspetto al solito posto.
> Kiss.

Un' ondata di panico mi assale.
"Come mai deve parlarmi?" mi sono già pentita di aver appena fatto il punto della situazione, con tanta sicurezza.
Richiudo alla svelta il libro da riporre in borsa insieme al plaid e mi avvio verso il luogo dell'incontro.
Arrivo trafelata e sudata, cerco di ricompormi raccogliendo i capelli con un nastrino che chiudo a fiocco.
Saluto il nostro amico all'ingresso di questa attrazione per turisti ed entro. All'aperto costeggio i piccoli cottage di questo villaggio fiabesco delle *Cotswolds* riprodotto in miniatura.
Ogni angolo è curato e riprodotto alla perfezione, il fiume con tutti i ponticelli bassi, i mulini in movimento, i cottage identici a quelli reali con la stessa pietra color miele e infine vedo lui. Bello come sempre, assorto mentre si strofina la barba con la mano, sulla testa un cappello sportivo con la visiera e la camicia in jeans chiarissimo sbottonata e con le maniche arrotolate.
Dopo due anni, ancora non sono abituata al batticuore che mi provoca.
Mi avvicino e quando si accorge della mia presenza,

un sorriso si fa spazio sul suo viso.

«Ehi Miss, pensavo mi avresti dato buca» dice un po' meno tranquillo del solito.

«E perché mai? Ci ho messo tempo ad arrivare perché stavo leggendo nella riserva naturale, tesoro» torna a sorridere e mi abbraccia.

«Lo sai quanto amo sentirmi chiamare in quel modo, vero?» sibila la sua voce nel mio orecchio mentre la barba mi solletica il collo.

«Lo so, tesoro» aggiungo mentre le nostre labbra si incontrano per salutarsi.

«Come mai hai voluto incontrarmi proprio qui, davanti alla miniatura del tuo cottage?» vado subito al dunque.

«Prima di tutto è il *nostro* cottage, ma a quanto pare ancora non lo senti tuo» aggiunge in tono un po' dispiaciuto.

«E allora, cosa ci facciamo qui davanti al nostro cottage, alto sì e no un metro, e soprattutto di cosa devi parlarmi?» il mio sguardo deve apparire agitato perché subito mi accarezza il viso e mi tranquillizza.

«Vediamo se così magari inizi a sentirlo più nostro, più *tuo*. Non noti niente di diverso?» mi indica la nostra casa in miniatura.

«Mi sembra di no.»

«Guarda meglio.»

Solo poco dopo noto davanti al cottage un piccolo abete piantato nel giardino.

«Roy, ma quello è l'albero di Natale che abbiamo piantato due anni fa.»

«Vedo che ne sei rimasta piacevolmente colpita.»

«Assolutamente sì. Non ci posso credere, ora anche

il cottage in miniatura avrà quel ricordo.»

«Non solo quello.»

Lo vedo abbassarsi e avvicinarsi all'alberello; dalla punta sfila qualcosa e si gira verso di me restando appoggiato su un ginocchio.

«Oh, cazzo! Roy, cosa stai facendo?»

Alla mia esclamazione ride di gusto.

«Dalla parolaccia che ti è scappata, deduco tu sia presa dal panico.»

«Non scherzare, ti prego, voglio capire» trattengo a stento un sorrisetto mentre noto le persone intorno a noi incuriosirsi e guardare.

Gira e rigira un anello tra le dita, mi guarda serio stavolta e i suoi occhi non mollano i miei nemmeno per un'istante.

«Crystal, credimi, sono in imbarazzo più io. Sai che queste cose prima di conoscere te le reputavo demenziali e stucchevoli, ma...» mi prende la mano sinistra e il nostro tremore coglie entrambi di sorpresa. «Ma tu sei quell'eccezione che mi ha fatto scoprire quanto può nascondersi dietro un sentimento, quanto può nascondersi dietro due persone che si innamorano. Ho capito che dietro l'amore esiste un mondo che ignoravo. Ma adesso che me l'hai fatto scoprire...» lo vedo fare un respiro profondo e mi accorgo di essere stata in apnea, allora respiro anche io cercando di calmare il cuore che mi batte furiosamente nel petto. «Io riuscirei a viverci dentro solo se tu restassi al mio fianco» mi infila l'anello all'anulare ed io inizio a singhiozzare. «My love, vuoi sposarmi?» calde lacrime di commozione mi rigano il viso e l'emozione sorprende anche il suo sguardo. Poco dopo si accorge di tutte le persone che hanno creato un cerchio intorno a noi cariche di aspettative.

«Qualora la risposta fosse negativa, ti prego di sibilarla a denti stretti, mi risparmieresti una grande figura di merda, grazie tesoro!» mi dice accennando un sorrisetto divertito e imbarazzato.

Il suo temperamento mi provoca una risata sonora che non riesco a trattenere.

«Sì che lo voglio, ti sposerò Roy!» urlo a gran voce asciugandomi con l'altra mano il viso.

Si alza in piedi e mi abbraccia forte sollevandomi da terra.

«So che non te l'ho mai detto finora, ma ti amo Crystal, puoi scommetterci!» ci guardiamo intensamente ed io non posso fare a meno di baciarlo.

«Ti amo anche io Roy, puoi scommetterci!» gli dico sorridendo non appena le nostre labbra si allontanano e le nostre fronti si avvicinano.

Un grande applauso ci accoglie e le persone intorno a noi fischiano e ci fanno gli auguri.

Tra queste intravedo anche le nostre famiglie e gli amici, tra cui Tyre diventato un caro amico per entrambi e che ormai fa parte della nostra combriccola, sorride e scherza anche con Milly, Cherry e Destiny. Ci sono proprio tutti, compresa Clo in braccio a Winter. L'unica all'oscuro di tutto, ovviamente, era la sottoscritta.

Roy mi prende la mano e la solleva portandola davanti ai nostri volti.

Solo in quel momento mi rendo conto dell'anello che il mio futuro marito ha scelto per me.

«Sono senza parole, non ci credo ancora. Volevo essere io a farti una sorpresa oggi, ma l'hai fatta tu a me, anche se il compleanno è il tuo.»

«Anche io non credo ancora di averlo appena fatto, ma questa ape ne è la prova. E poi fidati, per me non c'è sorpresa più bella del tuo sì.» Afferma con un filo di voce mentre osserviamo quella piccola ape dorata appoggiata ad un'ambra di forma esagonale. Un raggio di sole la illumina e quella pietra rilascia dei riflessi dorati meravigliosi. Mi incanto ad ammirarla accarezzandola con un dito.

«Tu sei proprio il vero amore che ho sempre sognato» la mia voce esce carica di sentimento e lui sorride appena, dolcissimo.

«E tu, Crystal, sei la realtà che mi ha fatto capire quanto è bello sognare».

Le sue mani si fanno spazio tra i miei capelli e sciolgono il nastrino che li teneva legati, le mie invece si tuffano sulla sua barba. Un bacio ci unisce e battiti colmi di sentimento ci pervadono.

***

Crystal e Roy hanno cominciato a camminare sulla strada del loro futuro, insieme.

Mano nella mano per le stradine di *Bourton On The Water*, proprio come quell'immagine che ha sorpreso più volte Roy nei suoi pensieri.

Circondati dai loro cari con Clo che sembra essersi affezionata a Roy proprio come lui a lei. Crystal che continua a ballare sulle note allegre di *Honey, honey* mentre lui si muove su quelle sensuali della bachata.

Più passa il tempo e più Crystal diventa brava nel lavorare il cioccolato, così tanto da diventare socia della cioccolateria alla quale Roy ha cambiato sia nome che insegna. Da *Only Choc* (solo cioccolato) a *Not Just Choc* (non solo cioccolato), perché con il suo arrivo ha capito che a far compagnia all'ingrediente indiscusso, il cioccolato, si è aggiunto il miele con tutte le sue sfumature e i suoi sapori.

Bisogna prestare sempre attenzione ai segnali,
soprattutto se questi sono dettati dal cuore,
perché magari il vero amore
(o il principe azzurro),
potrebbe presentarsi senza calzamaglia
e sotto vesti inaspettate.

FINE

RINGRAZIAMENTI

Eccoci giunti per la terza volta a scrivere le righe più toccanti di questo percorso.

Quando ho pubblicato il mio racconto d'esordio mai avrei immaginato di arrivare a scrivere i ringraziamenti anche per dei libri successivi, eppure eccomi qui, alla pubblicazione del mio terzo lavoro.

Ho iniziato a scrivere questa storia ad inizio novembre del 2020, ignara di ciò che avrei vissuto di lì a poco, insieme a mio marito e le nostre famiglie…

Il dolore che ci è piombato improvvisamente addosso ci ha sconvolti, perdere la nostra amata Lina, che per me non è stata soltanto la mia suoceretta adorata ma molto di più, ci ha lasciato un vuoto e un peso sul cuore.

Misi in pausa tutto.

Letture. Pagina Instagram. Scrittura. Tutto.

Volevo solo rintanarmi in quel dolore così personale e intimo, con la mia famiglia…

Pensavo di non riuscire a riprendere in mano ciò che ero, e le mie passioni…

Mi sono data del tempo, e senza rendermene conto, per sentire un po' di sollievo, piano piano cercavo rifugio proprio tra le pagine che ho sempre amato.

È proprio lì che mi sono ritrovata.

Ho continuato a scrivere, senza aspettative, con calma e solo quando ne sentivo il bisogno.

Senza accorgermene ho cambiato un po' anche metodo di lavoro, e pure se non immaginavo di riuscire a portarlo a termine, la storia continuava ad andare avanti, io continuavo a scrivere, ma soprattutto ho ripreso a sorridere…

Ecco perché questa storia si presenta come una commedia romantica, per il mio bisogno di ridere un po' a cuor leggero.

Quindi il mio primo ringraziamento va a quella farfalla bianca che da lassù mi ha dato la forza di continuare quello che avevo iniziato, lei che ha sempre amato la lettura quanto me e che è sempre stata una grande ballerina di *salsa* e *bachata*. E per la prima volta ringrazio anche me stessa, perché con passione e tenacia non mi sono arenata, ma ho riversato su queste pagine tutta la leggerezza e la spensieratezza di cui sentivo il bisogno.

Poi ringrazio mio marito Massimiliano perché ci teniamo fortemente per mano, sempre.

I miei affettuosi ringraziamenti vanno anche a tutta la mia famiglia, che come sempre mi è vicina. I miei genitori, mio fratello con la sua famiglia, e la famiglia di mio marito.

Un grazie speciale va anche alla mia dolce gatta Luce, che mentre scrivo, e non solo, è sempre al mio fianco.

Ringrazio anche gli amici di sempre, che si riconfermano ancora una volta presenti, e tutte le nuove amicizie che mi supportano, comprese lettrici e bookblogger, il vostro entusiasmo è coinvolgente. Siete tantissime e preziose, grazie ragazze!

Poi ringrazio la mia carissima *"amica kuş"*, per tutto! Non serve aggiungere altro, tu sai!

Ringrazio tutte le persone con le quali ho lavorato per far sì che *"Stoniamo come miele sul fondente"* diventasse reale, ovvero: la mia editor e correttrice bozze per il lavoro impeccabile, la mia illustratrice che ha creato sotto mia richiesta il disegno per la copertina meravigliosa e le illustrazioni interne, la cura dei dettagli è pazzesca! E la mia grafica per la bellissima impaginazione. Vi ringrazio per la vostra professionalità.

E poi ci sei tu caro lettore, così prezioso per noi autori, a te va la mia immensa gratitudine, per avermi dato fiducia scegliendo di leggere il mio romanzo.

Spero con tutto il cuore che ti sia piaciuto e che Crystal e Roy, ti abbiano regalato qualche sorriso.

Vi saluto e vi ringrazio tutti affettuosamente.

La vostra Marta Fiorini.

CURIOSITÀ

Molti anni fa sono stata a Londra per una vacanza e, questa affascinante città metropolitana, mi ha ispirata per la stesura di questa storia che stavolta volevo ambientare fuori Italia.

Ma ancora non ho avuto il piacere di visitare le meravigliose zone collinari delle campagne inglesi.

Il desiderio di conoscere questi affascinanti villaggi dove sembra che il tempo si sia fermato, ha fatto crescere in me la voglia di documentarmi su tradizioni, cibo e usanze, per poter raccontare e ambientare al meglio questa storia facendo viaggiare così anche il lettore, in una di queste contee verdi e rigogliose arricchite da caratteristici cottage in pietra color miele.

Resta comunque un'opera di fantasia e alcuni dettagli sono romanzati.

Un esempio? Gli altoparlanti che trasmettono canzoni natalizie in filodiffusione nel villaggio, sono ispirati a una tradizione del paese in cui vivo.

Spero vi sia piaciuto questo viaggio!

Che dire?

Io stessa mi sono innamorata di *Bourton On The Water* mentre ne studiavo le attrazioni, il paesaggio, ecc. e spero davvero di visitarlo un giorno, chissà…

E magari con il mio libro tra le mani.

PLAYLIST

MISTE
ABBA – Honey, honey
Ed Sheeran – Afterglow
3 Doors Down – Here without you
Regard – Ride it
Madame - Baby
Glenn Miller – In the mood
Paul Anka – Put your head on my shoulder

BACHATA
Extreme - Te extrano
Romeo Santos – Eres mìa
Gruppo extra – Me emborrachare
Mario Baro, Kike Utrera, Dj Husky – Pobre Corazòn
Prince Royce – Carita de inocente
DJ Tronky – Lonely
DJ Tronky – Afterglow
Rodrigo Ace – Last Christmas
Vinny Rivera – All i want for Christmas bachata

GREASE
Frankie Valli – Grease
Olivia Newton-John – Hopelessly devoted to you
Olivia Newton-John – Look at me i'm Sandra Dee
Olivia Newton-John e John Travolta – Summer nights
Olivia Newton-John e John Travolta – You're the one that i want
John Travolta – Sandy
John Travolta e Jeff Conaway – Greased lightnin'

Frankie Avalon – Beauty school dropout
Stockard Channing – Look at me i'm Sandra Dee
Sha Na Na – Blue moon
Sha Na Na – Those magic changes
Original cast recording – We go together

NATALIZIE
Brenda Lee – Rockin' around the Christmas tree
George Michael & Wham – Last Christmas
Rodrigo Ace – Last Christmas
Vinny Rivera – All i want for Christmas bachata

Potete trovare le "BOOK'S PLAYLIST" dei libri dell'autrice Marta Fiorini su SPOTIFY:

"La cantina dei ritorni" book's playlist
"Il cielo negli occhi" book's playlist
"Stoniamo come miele sul fondente" book's playlist

Cercando il profilo: **Marta Fiorini-Autrice**

I MIEI LIBRI PRECEDENTI
La cantina dei ritorni

Adelaide, una flair bartender di città e il suo ritorno ad Artena. Qui l'aspettano una casa ricevuta in eredità dalla nonna, nel cuore di un centro storico particolare, un'amicizia solida che risale all'infanzia e una vecchia fiamma. Fra ricette gustose, drink, risate, natura, persone genuine e tante belle feste, Adelaide farà un viaggio speciale per un ritorno a se stessa.

Presente cartaceo (con illustrazioni) ed ebook
su Amazon e Kindle Unlimited

Il cielo negli occhi

Eva è una ragazza alla mano, raccoglie i capelli ramati in una crocchia alta e porta stivali di gomma. È una peperina, e con passione porta avanti la sua scelta di vita: lavorare come contadina a contatto con gli animali e la natura, per lei grande fonte di energia!
Ha un grande amico, Fulmine. Con lui scova attimi di libertà, cavalcando per le splendide campagne di Artena, in totale armonia.
Un'armonia che verrà presto troncata!
Un buttero dai lunghi capelli dorati, in sella al suo cavallo, scombussolerà per sempre la sua vita.
A suon di battutine al vetriolo, tra sguardi intensi e luminosi, orgoglio e passione, vi ritroverete ad emozionarvi tra panorami unici in una splendida cornice autunnale.
Una storia che punta alle nuove possibilità, per combattere l'orgoglio e far vincere la voglia di amare ancora!
Eva e Tommaso, riusciranno ad aggiungere quel pezzo mancante alla loro vita?

Presente cartaceo (con illustrazioni) ed ebook
su Amazon e Kindle Unlimited

BIOGRAFIA

Marta Fiorini classe 1987, vive in un paesino in provincia di Roma con suo marito e la loro amatissima gatta. Ama gli animali, la natura, la montagna, cucinare, e leggere sin da bambina. Dal 2016 gestisce la sua pagina Instagram e il blog dedicati alla lettura, condividendo segnalazioni, recensioni e novità.
"La cantina dei ritorni" è stato il suo esordio, un racconto che l'autrice iniziò a scrivere nel 2015 ma pubblicato a marzo del 2020. Ha continuato poi a scrivere ispirata per un'altra storia, pubblicando a settembre dello stesso anno il suo secondo libro, il romanzo "Il cielo negli occhi". Torna poi nel 2021 con un nuovo libro, la commedia romantica "Stoniamo come miele sul fondente".

Instagram: @marta_lettrice
Blog: martalettricelibriesogni.altervista.org

INDICE

Capitolo 1 _ Crystal – pag. 11
Capitolo 2 _ Crystal – pag. 15
Capitolo 3 _ Crystal – pag. 23
Capitolo 4 _ Crystal – pag. 30
Capitolo 5 _ Crystal – pag. 34
Capitolo 6 _ Crystal – pag. 41
Capitolo 7 _ Il ballerino sconosciuto – pag. 47
Capitolo 8 _ Crystal – pag. 53
Capitolo 9 _ Crystal – pag. 61
Capitolo 10 _ Crystal – pag. 69
Capitolo 11 _ Roy – pag. 76
Capitolo 12 _ Crystal – pag. 82
Capitolo 13 _ Crystal – pag. 90
Capitolo 14 _ Roy – pag. 107
Capitolo 15 _ Crystal – pag. 117
Capitolo 16 _ Roy – pag. 121
Capitolo 17 _ Crystal – pag. 125
Capitolo 18 _ Roy – pag. 129
Capitolo 19 _ Crystal – pag. 140
Capitolo 20 _ Roy – pag. 154
Capitolo 21 _ Crystal – pag. 166
Capitolo 22 _ Roy – pag. 177
Capitolo 23 _ Crystal – pag. 183
Epilogo – pag. 191
Ringraziamenti – pag. 199
Curiosità – pag. 202
Playlist – pag. 203
I miei libri precedenti – pag. 205
Biografia – pag. 207

Printed in Poland
by Amazon Fulfillment
Poland Sp. z o.o., Wrocław